# 後宮の人形師
## ひきこもりの少女、呪術から国を救う。

猫田パナ

富士見L文庫

# 目次

# 第一章　魂人形を作る少女

私の生まれ育った村で「ひきこもりの人形師」と言えば、それは私のことである。

「よかった、誰もいない」

ある初夏の日の夜明け前、私——黄鈴雨《こうりんう》は猫のお面を頭に載せ、一人で採土場へやって来た。

人形作りに適した土は、地表から約三尺ほど掘り進めた場所に眠っている。

「はぁ、はぁ」

ザッ、ザッ。

地面に鋤《すき》を突き刺しては跳ね起こし、土を掘り進める。やせっぽちの私にとっては、結構な重労働だ。額にじんわり汗をかく。やがて十分な量の土を掘り出すと、鋤を置いて土に触れた。

ここは龍星国《りゅうせいこく》北方の山の上にある連天《れんてん》という村だ。この村の上は適度な粘りがあり、型崩れしにくく腰が強い。

この土は最高だ。触れるだけで幸せになれる魅惑の土。

「これこれこれこれ……」

私はフククと声を殺して笑いながら、掘り出した土を集める。

まだまだ朝晩は冷え込むものの、日中陽が射して暖かくなる日が増えたからか、土はわずかにぬくもりを帯びている。

やがて満足いく量の土を集め終えると、それを丸く成型して上に藁《わら》の莚《むしろ》をかける。

だがこの工程だけではまだ人形作りに使える土にはならない。これを一年寝かせて、その後繰り返し叩《たた》いてはひっくり返し、捏《こ》ねて捏ねて捏ねて捏ねて……。


「んっ!?」


その時、今まで嗅いだことのないような霊気の匂いを感じて、瞬時に体がこわばった。

嗅ぎなれた村人たちの霊気とは違い、気品があり硬質な印象の霊気を持つ魂が、この村に近づいている。

「どこ……麓の方から?」

いつの間にか昇り始めていた朝日に照らされながら、私は崖の上に立ち、下の町から連天村へと続く細道を眺める。

すると、馬に乗った人が細道を通り、こちらへ向かってくるのが見えた。

「あの人、この辺の人じゃない……」

田舎育ちゆえの驚異的な視力でもって、ぐいい、とその人影に目を凝らす。

美しい刺繡《ししゅう》入りの袍《ほう》を身にまとい、いくつもの装飾が施された革帯を締めた男性。遠すぎて顔立ちまではわからないが、背が高く、すっと伸びた背筋やその所作から、高貴な生まれであることを感じさせる。

あの人、絶対に栄安《えいあん》から来た人だ……。

栄安はここ龍星国の都である。広大できらびやかな栄安城には、皇宮や様々な政務を執り行う宮殿、そして後宮が置かれているという。

あの人はきっとそこから来たお役人様だ。

途端に胸騒ぎが走る。

——どうしてこんな山奥の連天村に、わざわざ都からお役人様が来るんだと思う？

「わ、私を連れ去りに来たんだ」

恐怖で体がこわばる。

「とりあえず、工房に帰ろう」

とその時、後ろから声をかけられた。

「おや鈴雨じゃないか。朝早くからご苦労様」

「ひぃぃっ」

私はとっさに、頭に載せていた猫のお面をずらして顔の半分を隠した。このお面で顔を隠していなければ、人と話すことができないのだ。

振り返るとそこには、隣の家のおじさんが立っていた。

「お……はよぅござぃ……ま……すぅ」

消え入りそうな声でそう伝えると、足早にその場を立ち去る。

おじさんの「まったく、同じ浄眼持ちでもおばあさんとあの子とじゃあ、えらい違いだなあ」という声が背後から聞こえてきた。

そんなの、私が一番よく知ってるよ……。

私はぐっと歯を食いしばり、決して後ろを振り返らずに、まっすぐ工房へと向かった。

バタバタと工房に駆け込み、急いでドアを閉める。

すると工房の棚の上から、蚕猫《さんびょう》の毛毛《マオマオ》が降りてきた。

蚕猫とは、蚕室で鼠除《ねずみよ》けのために使われる、猫の形をした泥人形だ。泥で作った体に彩色をほどこし、植毛してひげをつけてある。連天村ではよく作られる泥人形の一つで、毛毛は子供の頃に私が作ったものだ。

そして私が人生で初めて作った命を持つ人形、魂人形《たまにんぎょう》でもある。

さっき隣のおじさんが言っていた通り、私は「浄眼」を持っている。

まるで満天の星が輝く夜空のような色をした、私の特別な瞳……浄眼で見る世界は、常人のそれとは異なる。万物の魂や感情には特別な力「霊気」が宿っていて、私にはそれが見えるし匂いも感じる。人の心の色が様々に移り変わっていく様子も、それが膨れ上がったりしぼんだりするのも見える。

私は人間の霊気を感じ取るのが怖い。浴びると気分が落ち込んだり、体調が悪くなることだってある。

でも霊気が見えるおかげで、私は魂人形を作ることができる。

最後の一筆の彩色を施し終えた途端、毛毛が命を持って動き出したあの時の感動は、今でも忘れられない。毛毛はきらりと瞳を光らせ、私を見上げた。今誕生したばかりの命に対する愛おしさを感じるのと同時に、本当にできてしまったという驚きや、祖母の能力を継いでしまったのだという不安感にも襲われた。

子供の頃に作ったため、毛毛はどこかいびつで、小さな体に釣り合わないくらいに長いひげが、たっぷりふさふさと生えている。そのせいで毛にばかり目が行くから「毛毛」と名付けた。


息を切らしながら工房の床にぺたりと座り込む私に毛毛が近寄り、膝に前足をちょこんと乗っけて心配そうに私を見上げる。

「どーしたの鈴雨。顔面蒼白《そうはく》じゃん！　手も震えてるし……。土掘ってたら人骨でも出てきた？」

「都から、お役人様が来た……。崖の上から見えたの。細道を馬に乗った貴族の男が上がってくるのが」

震え声で私は答える。

「まあまあ落ち着きなって。どうしてその人がお役人様だなんてわかるの？　魂人形ほしさに押しかけてきたお金持ちかもしれないよ」

そうたずねる毛毛に、私は首を横に振ってみせた。

「あの魂の色はもっと高貴なものだった。物欲の霊気も出ていなかった。あれ、きっと宮廷から来たお役人様だ……。おばあちゃんの役目を私にやらせるために、私を連れ去りに来たんだよ」

「そんな！」

毛毛は目を丸くし、ひげの毛を逆立てた。

私の亡くなったおばあちゃんは「伝説の人形師」と呼ばれ、龍星国では名の知れた人だった。おばあちゃんは私と同じように浄眼を持ち、魂人形を生み出すことができる人だった。

この能力を持つ女が、不思議と連天村では定期的に生まれる。その力を使い、おばあちゃんはかつて後宮で呪術に苦しむ妃《きさき》たちを救ったことがある。

そして今、能力を受け継ぐものは私のみだ。

「だけど今までずっと、宮廷の人たちは連天にも私にも興味なさそうだったのに」

むしろここ数年、縁起物の人形は低俗な民間信仰とみなされるようになり、販売の規制まで受けるようになっていたのだ。おかげで連天村はすっかり貧しくなった。

「先代のボンクラ皇帝が去年死んだじゃん。きっと今度のやつは考えが違うんだよ」

人間にはとても真似《まね》できない不敬な言い方で、毛毛は先代皇帝を罵った。

毛毛は地位の高い人間だからといって敬うことはない。猫にとってはどんな人間も等しく人間でしかないのだ。

「とにかく急いで荷物をまとめて、しばらくはどこかに逃げなくちゃ」

即位したばかりの帝《みかど》が何をお考えなのかはわからないが、私は都になんか行きたくない。そんな人が多くてどす黒い情念が渦巻くような場所へ行くなんて、私にとってはどぶ川に飛び込んでそこで一生暮らせと言われているようなものなのだ。

こんな時に頼れる人がいればかくまってもらえたかもしれないが、私にはそんなことを頼めるほど仲のいい人はいない。

私は今年で十八になるが、自分で身の回りのことができるようになった五年程前から、徐々にこの古びた工房に一人で寝泊まりをするようになった。今はもう実質、一人で暮らしているようなものだ。

家族のことが嫌いなわけではない。だが怒りや苛立《いらだ》ちの感情が目に見えると、どうしても心穏やかではいられない。家族よりも泥人形と一緒にいる方が、気が楽なのだ。だから自然と工房にこもって暮らすようになっていき、家族との間には溝ができた。

まあ孤独な生活と言ったって、全然寂しくはない。私は工房の棚にずらりと並んだ泥人形たちを見上げた。ここには先祖代々の人形師たちが作った大量の人形が飾られている。

私はこの人形たちに囲まれて生活していれば、それで満足なのだ。

そしてできることなら一生、この工房にこもって暮らしていきたいと思っている。

誰とも関わらなければ、心を乱されずに済むのだから。

「とりあえず数日は山にこもろう。食料と、虫よけと……。あと焼成済みの人形いくつかと彩色の道具一式持っていこうかな。どうせ暇だから絵付け作業でも」

「そんなことしたら荷物が増えるからやめときなよ、鈴雨」

「まあ、仕方ないか……」

そんなこんなで慌てて荷物の準備をしていたその時。

工房の扉を叩く音がした。

「鈴雨、中にいるか？　入るぞ」

それは村の長老様の孫、智信《ちしん》の声だった。智信は真面目で面倒見の良《い》い性格で、年老いて体の自由がきかない長老様の補佐役をしている。私にとっては子供の頃からよく知っている近所のお兄ちゃん的な存在で、ならば話しやすいのかと言われれば、全然話しやすくない。他の人よりはちょっとマシ、程度だ。

「すみませぇん、着替え中で……」

バクバク暴れる心臓が口から出そうになりながらも扉ごしにそう答えると、智信のため息が聞こえてきた。

「鈴雨、帝の命を受けて来た宮廷の文官が、お前に会いたいそうだ」

「えぇ、そ、そうですか……」

――やっぱり、そうだったんだ！

恐怖で足がガクガク震える。だが私の気も知らずに智信は説得をし始めた。

「お前は人と話すのが苦手だからな。気持ちはわかるが、会わずに済むわけはないぞ」

「とは、言っても」

私が初対面の都から来たような男性と話せるわけがないことは、智信もよくわかっているはずだ。だがそれでもどうしようもないのだろう。なにせ帝のご命令だ、無理もない。

「とりあえずは会って話を聞いてみないか」

「でも、怖くて」

恐怖で口もうまくまわらなくなってきた。

「長老様もいるから怖くないぞ。さあ、扉を開けて出ておいで娘子《じょうし》」

「う……」

出ていかなくてはならないとわかっていても、怖くて体が動かない。

しばらくして、自分の力ではどうにもできないと悟った智信は、私の母を連れてきた。

「全然出てこないのです。鈴雨を説得してください」

智信にそう促され、気の弱いたちの母は困った風に「ええ……」と答える。

母も呼び出されたって困るだろう。普段私とはほとんど話すこともないのだ。私の説得の仕方なんかわかるわけがない。

それでも母は扉越しに、私を説得し始めた。

「ねえ鈴雨、皇帝陛下のご命令でいらっしゃったお役人様だよ。お話を聞かずに帰すというわけには、いかないでしょう」

「……でも、無理です」

「そのお役人様だって、鈴雨に会わずに帰るわけにいかないのよ。そんなことしたらそのお役人様の首が飛ぶんだもの」

「……それは、お気の毒です」

扉越しに母の、困惑や気の重さを感じさせるどんよりとした霊気が漂ってきた。

私ときたらせっかくの浄眼持ちなのに人との会話もろくにできず、その能力を発揮する場もなく、おまけに一生嫁にも行けそうにない。その上、こうして帝のご命令にさえ背こうとしている。母には迷惑をかけてばかりだ。

母が放つ暗い色味の霊気を浴びていると申し訳なくなり、心が痛む。

……はあ、仕方がない。もう死ぬ気で工房から出るしかない。

お面をかぶってゆっくりと一歩ずつ進み、思い切ってギィッと扉を開く。するとそこには暗い面持ちの母と、安堵《あんど》の表情を浮かべる智信の姿があった。

「よく勇気を出したな、鈴雨。では一緒に長老様の元へ……」

とその時、私は智信の背後の道を「牛と牛飼い」が歩いてくるのを見つけた。

その「牛と牛飼い」は、私が長老様の命を受けて村のために作った魂人形だ。

体格の良い牛飼いが「やあ」という感じで私に手を振り、ぷっくりとした頰をツルツル光らせながらニコニコ笑っている。

気づけば私は智信の横を通り過ぎ、牛飼いの元に駆け寄っていた。

「乗せてください」

「あいよ」

「鈴雨、なにを……」

驚く智信をよそに、私は牛飼いに抱き上げてもらって牛の背中に乗る。私は牛に乗ったことはない。うまく乗りこなせるだろうか。

「ごめんなさい、智信様、お母様。お役人様にお伝えください。黄鈴雨は死んだ、と」

そう言い残し、私は牛に手を触れ霊気を流して語り掛ける。すると牛は「ブォッブルゥ」と鼻を鳴らし、狂ったように爆走し始めた。

「鈴雨、そんなことをして許されると思うか！」

背後から智信の叫び声がしたのと同時に、彼の激しい怒りの霊気が膨れ上がってこちらに押し寄せてきた。私は悲鳴をあげ、牛にしがみつく。

「おおい誰か牛を止めてくれぇ！」

智信が大声でそう叫ぶと村人たちがわらわらと道へ出てきた。

「一体なんの騒ぎだい？」

「ねぇー、りんうがうしに、のってるよー」

村の子供たちが私を指さして笑い、男たちは慌てて牛を止めようと追いかけてくる。

――やめてええええええ。こっちを見ないで！　追いかけてこないでぇ！

私は猫のお面を深く被《かぶ》り、牛にぎゅっと抱きついた。しかしなにせ泥人形なので、表面がつるつる滑る。

「あの、牛さん、もう少しゆっくりでも……」

そう語り掛けるが、私の恐怖心が牛にも伝わっているのか、牛は暴走をやめない。

「モオォオォオォ！」

「ずあぁ」

牛の背中から滑り落ちそうになり、必死でしがみついたが、もう手の力が限界だ。どうにか林の中まで逃げ込みたかったけれど、とてもたどり着けそうにない。

「う、牛さん、もう止まってくれませんか？」

「ブヴゥウシィ《不是》」

牛の瞳は興奮状態で、正気を失っているように見える。

ああ、さっき私が牛に霊気を流して伝えた「ここから逃げ出したい」という気持ちが強すぎたんだ。どうにか意識を現実に戻さない限り、牛は逃避したいという恐怖心にとらわれたまま暴走し続けるだろう。

自業自得ということか。牛の動きはいよいよ激しくなる。

ここから振り落とされたら、どのくらいの怪我《けが》をするのかな。腕の骨とか、折れるかも。

そしたらもう、人形を作れなくなってしまう！

などと考え始め、絶望しかけたその時、目の前の通りにスッと人影が現れた。

美しい刺繍《ししゅう》入りの袍《ほう》を着た長身の男性。

早朝に見かけたお役人様だ。

その人は顔を上げ、私を見つめた。まるで幽鬼のように虚《うつ》ろな瞳。

……あの人、本当に生きている人間なのかな。普通の人間なら感情を表す霊気が泉のように湧き出しているのに、彼からはそれを感じない。

お役人様は私を見て、笑った。口角だけをかすかに上げて、目は全然笑ってない。

——みいつけた。

そう言われたような気がした。

「こっわ……」

思わず背筋に寒気が走る。

お役人様は懐から布袋を取り出し、その中身を道端に撒《ま》いた。サラサラとした白い粒。

「な、なにあれ」

それを見た牛は速度をゆるめながら引き寄せられるようにお役人様の元へ行き、彼の足元に撒いてある白い粒を夢中で舐《な》め始めた。

あ、これ、塩か。

この牛は泥人形だけれど、本物の牛を意識して作ってあるために、牛と同じ特性を持っている。牛は本能的に塩を欲して、恐怖にとらわれた状態から正気に戻ったのだろう。

どうやら暴れ牛から振り落とされて怪我をする心配はなくなったらしい。しかし足が震えて牛から降りられずにいると、そのお役人様がこちらに近づき、腕を伸ばしてきた。突然のことで、私は状況を飲み込めない。

「へっ？」

「降りられないのだろう？　手を貸すから、こちらへ」

「や、え？」

さすがにそれは申し訳ないと思い動けずにいると、お役人様は私に冷たい視線を向けながら言った。

「早くしてもらえるか」

「は、い」

こわ、と思いながらも体を寄せると、彼は私のわき腹を抱え、ひょいっと牛から降ろしてくれた。

お役人様はすらりとした長身で、年の頃は私より五つほどは上に見えた。知的な顔立ちで肌も日焼けしておらずきめ細やかで、髪にも艶があり、綺麗《きれい》に整えてある。衣類に香でも焚《た》きしめてあるのか、心が落ち着くような、重厚感があり優美な香りがふわりと漂った。

普段目にしている土埃《つちぼこり》まみれの素朴な村の男たちとは全然違う。

「お前が黄水漣《すいれん》の能力を継ぐ人形師、黄鈴雨で間違いないな？」

牛から降りられて安堵したのもつかの間、彼に真顔でそうたずねられる。

「いや、あ……」

はいそうですとは言いたくない。でもどうやら私が黄鈴雨だということはバレてしまっているようだ。きっと長老様から猫のお面を被っているのが私だ、とでも話を聞いたのだろう。

「その青みがかった瞳、浄眼だな」

彼にそう言われ、私はもう言い訳のしようもなくなってしまった。猫のお面の目の部分には周囲が見渡せるよう穴が開いている。浄眼も丸見えだ。

うなだれ、こくりとうなずく。

これでもう、私が死んだことにしてもらうことも、できなくなった。

「黄鈴雨。陛下より賜った、お前宛の勅旨だ」

そう言うと彼は書簡を取り出し、それを私に広げて見せた。

【黄水漣の力を継ぐ人形師に命ずる。その能力で後宮の妃《きさき》たちを呪いから守り、後宮の治安改善に尽力せよ】

「ああ……！」

いつかこんな日が来るかもしれないと恐れていたことが、実際に起こってしまった。

私は膝から崩れ落ちる。

私の人生は終わった。ここからは地獄の始まりだ。


それから私たちは場所を変え、長老様の家でお話をすることになった。

そのお役人様は李長雲《りちょううん》という名の宮廷勤めの文官で、皇帝陛下とそのご家族のために奉仕する宮中省の仕事をしているらしい。陛下の命を受け、私を後宮に呼び寄せるためにわざわざ五日もかけて連天まで来たそうだ。

もう、逃げられない。私は後宮へ行かなければならないのか……。

どんよりと心が沈んでいる私に、幽鬼のような長雲様が語りかける。

「正直俺は、命を持つ人形というものの存在を、この村に来るまでは信じていなかった。だがこの村に来て、多くの生きた人形たちが働いているのを目にした。お前があの人形たちを作ったのだな？」

「う……」

相手は初対面の、それも自分が今までの人生では出会ったこともないような高貴なお方だ。

私は緊張で返事もできずに、ただこくりとうなずいた。

まるで自分が罪人にでもなったかのような気分だ。部屋の扉の前では私が逃げ出さないように智信が見張っているし、長老様は長く伸びた白いひげを触りながら、何も言わずに私たちを見つめている。

「お前は人と話すのが苦手だそうだな。後宮へ行くのは嫌か」

「う、は、い……」

目を瞑《つぶ》り、首をブンブンと縦に振る。どうかわかってくれと願ったが、願いは通じなかった。

「この後宮行きの話はお前にとって都合の悪いことばかりでもない。給料は十二分に出るし、後宮の治安改善といっても、結局お前がすることは人形作りだけだ」

「へぃ……」

「人が嫌いなら後宮の工房から出なければいい。お面をつけていないと人と会えないという事情も、俺から話を通しておく。他にも困りごとがあれば、俺に相談すればいい」

「うぅ……」

「陛下が命を持つ人形をご覧になれば、きっと感激なさるだろう。お前にとって魂人形を作ることは造作もないことなのか？」

「……い……え、あの、う」

言葉が出ず、また私は首を横に振った。

「なにか問題でも？」

私が黙りこんでいると、代わりに長老様が答えた。

「あれは十年ほど前のことじゃったか、鈴雨が老虎《ラオフー》の魂人形を作ったことがありましてな。魂人形を作るときは必ずわしの許可を得ることになっておったのですが、鈴雨はその時だけ言いつけを守らんかったのです」

あまり思い出したくない話だ。つらい気持ちがよみがえり、手で顔を覆い、うつむいた。

「老虎は魔除《まよ》けの人形で、ものを恐れない子供になるご利益がありましてな。村の泣き虫の子供のために相棒をつくってあげようとして、鈴雨は勝手に老虎を作ったんですな」

「それで？」

無表情のまま長雲様が相槌《あいづち》をうつ。

「確かに老虎を作ってもらった子供は喜んでおりました。だが老虎が命を持ったその日の夜、老虎はお腹をすかせて、村に一頭しかいない牛をぺろりと平らげてしまった。この貧しい村にとって、牛一頭は貴重な財産でしてな」

「なるほど」

「激怒した牛の飼い主や他の村人たちが、老虎を捕まえて高い崖から突き落としました。老虎は粉々に割れて、その命を失ってしもうた。鈴雨も泣き虫の子供もその後こってり絞られました。それに鈴雨は食べられた牛の代わりに、一年がかりで牛の魂人形を作らねばならんかったのです。それ以来鈴雨はわしが依頼し、鈴雨も納得した時にしか、魂人形を作っておりません」

このことだけは、絶対に伝えなくちゃ。私は勇気を振り絞って言った。

「い、命あるものを……作るのですから……」

緊張しすぎて動悸《どうき》がして、眩暈《めまい》までしはじめる。

「ちゃんと……責任を、持ちたいのです」

そこまで話すともう息切れがして駄目だった。言いたいことをうまく言葉にして人に伝えられない自分がもどかしい。

でも長雲様は、ゆっくりとうなずいた。

「気持ちはわかった」

伝わったならよかった。思わずふぅ、と息を吐く。

「安心せよ。陛下は聡明《そうめい》なお方だ。魂人形の命を軽んじたり、お遊びで命あるものを作らせたりはしない。もしお前が陛下に魂人形を献上すれば、必ず大事になさるだろう」

「……はい」

私はじっと、長雲様を見つめる。

特に人をだまそうとするときに発生するような霊気は出ていない。陛下が聡明なお方だと考えていることにも嘘《うそ》はなさそうだ。

浄眼を持っていてよかったと思うのは、こうして人の真意を見抜けるところだ。おかげで私は、人にだまされたり口車に乗せられるようなことがない。

「でも……行けま……せん」

「そうか」

そう言いながら長雲様はしげしげと私を眺めた。

人とろくに会話もできない、山奥に住むひきこもり。それが私だ。

きらびやかな妃嬪《ひひん》が集い、様々な謀略が飛び交う後宮でなんか、暮らせるわけがない。

それがきっと彼にも伝わったのだろう。

「はい」

これであきらめてくれるのかな？　と思ったが、そういうわけにもいかないようだった。

長雲様は口元を緩め、ほんのわずかに朗らかな笑顔を浮かべた。だが不思議なもので彼の場合、明るい表情をすればするほど不気味さが増す。

「長老様からお話をうかがったが、お前は本当に人形が好きで、人形師の道を極めたいと考えているそうだな」

「……え？　は、い」

私の夢は、おばあちゃんのように美しい人形を作る人形師になることだ。

「であればやはり、都へ行かないと」

「な、ぜ……？」

「お前の作った人形をいくつか目にしたが、どれも造形が美しく技術力の高さを感じさせる。牛も人も、まるで本物のようだった」

「ど、ども……」

褒められて、思わず照れる。自分の人形を評価してもらえるのは嬉《うれ》しい。

「お前が後宮へ行けば、陛下はもとより様々な妃や貴族からも人形作りの依頼が舞い込むことになるだろう。依頼を受ければ高額な報酬が支払われるし、金彩や高級な顔料を使い、手間をかけて技の限りを尽くす、芸術的な作品が求められることになる」

ごくり、と私は生唾を飲んだ。

長老様の家には、かつておばあちゃんが作った美しい泥人形が飾られている。

それは後宮の妃の姿を表現した人形だった。妃の高く結われた髪は金釵《きんさい》でにぎやかに飾られ、大袖の衫《さん》がゆったりと垂れ、凝った紋様が施された裙《くん》を穿いている。それらは金彩や様々な鉱物から取った顔料による彩色で、鮮やかに表現されており、その人形自体が美しい宝石かのように光り輝いて見えた。

こんな人形を、私も作ってみたかった。

「この村にいては、そういった芸術的な人形を作るような機会は得られまい。人形師の道を極めたいのなら、この後宮行きの話に乗らない手はないと思うが」

「うっ……」

そう言われてみれば、確かにその通りでしかなかった。

この村にいたって、人形市で売るための人形ぐらいしか作る機会はない。人形市のお客のほとんどは庶民だから、高級な材料を使用する大掛かりな人形を作ることはほぼなく、民家に飾るための縁起物の人形や、子供向けの玩具のような、安価で簡単な作りのものばかりを作り続ける日々だ。

おばあちゃんのような人形師になりたくても、そもそも手の込んだ大作を作る機会さえないというのが実情だ。

私は確かに人間が怖い。怖すぎる。だけどそれを理由に、人形師の道を極める機会をみすみす逃そうとしているのか。

そんな私を、私自身が許せるだろうか。

「ひ、一晩、お、お時間を……」

「ああ、かまわない。一晩ゆっくり頭を整理するといいだろう。そして明日またここで話すとしよう。だがな、黄鈴雨……」

長雲様は眉をひそめ、虚《うつ》ろな瞳のまま口角を吊《つ》り上《あ》げ、笑った。

「特に考えてもらっても結果は変わらない。なにせこれは陛下のくだされたご命令だ。お前は後宮へ行くしかない。陛下はお慈悲深いお方ではあるが、ご命令に背けばただでは済むまい」

ぞくぞくと、背筋に寒気が走る。

そりゃそうだ。最初から私に選択権などなかったのだ。

私にできることは、なんとか後宮で問題を起こさず、無事に過ごすことくらい。

もう私がこの村を離れ後宮に行くことは決定事項なのだ。

皇帝陛下がご命令を下した、その瞬間から。

「では話の続きはまた明日。さっそくこの村を出る準備を進めていかねばな」

「そ……えっ……」

私は言葉を失った。長雲様は既に長老様のほうへ向き直り、数日この村に泊まりたいのだが空き部屋はあるか、と相談し始めている。

「あの……うそ……」

「おい鈴雨、もう話は終わったみたいだから工房に戻っていいぞ」

智信にそう声を掛けられ、私は呆気に取られたまま、長老様の家を出た。

「え、私、えっ」

独り言をぶつぶつ言いながら、私はふらふらと工房に戻っていったのだった。


月明かりに照らされた薄暗い工房の中、私は棚からいくつかのお気に入りの人形を取り出して、人形たちに会話をさせる。

「ねえ、ひどいよねえ。ある日突然やって来て、数日後には後宮に入れだなんて」

「あまりにもひどすぎる。人権侵害だー!」

「鈴雨がどんなに人間が苦手なのか、あのお役人様にはわかっていないのよ」

「長老様もひどすぎる！　横で見ているだけで、ちっともあのお役人様を止めようとはしなかった」

「連天は貧しいもの。水漣様のように後宮で活躍して名をあげれば、また連天は優遇されるようになって、豊かな村に戻るかもしれない。長老様はそうお考えなのよ」

「だけどどうしてそのために、鈴雨がここを出ていかなくちゃならないの？」

「そうだよ、そんなの鈴雨がかわいそう」

「けど、後宮へ行けば芸術的な人形を作る機会にも恵まれるって、あの文官は言ってたよ。これは鈴雨にとっても悪い話じゃないのかも」

「正直めっちゃ作りてー」

「でもどうする？　依頼を受けても思ったような人形を作れなかったら、首を刎《は》ねられちゃうかもよ」

「えーそんなの怖すぎる！」

「大体後宮なんか、怖い人しかいないに決まってる！　鈴雨がそんなところへ行ったら、一体どんなひどい目に遭うやら。考えただけでも吐きそう！　ボエエ！」

「だけど、だけど、おばあちゃんが……」

人形から手を放し、私は独り言のようにつぶやいた。

「子供の頃、おばあちゃんが、私によく言ってたわ」

今もよく覚えている。おばあちゃんは外に出るのを怖がる私を抱き寄せ、背中をポンポン叩《たた》きながら話してくれた。

「鈴雨、たとえ傷つくことがあっても恐れずに外へ出なさい。そして人を幸せにするためにあなたの力を使いなさい。あなたがあなた自身の道を切り開こうともがき続ければ、必ず光が見えてくる」


「おばあちゃんが、そう言ってたわ」

おばあちゃん。

私に人形作りや読み書きや、全てを教えてくれたおばあちゃん。

後宮に行くのは怖いけれど、自分の願いを叶えるためにも、外に出なくては。

「鈴雨……」

心配そうに傍らで私の人形劇を見つめていた毛毛が近づいてきて、ちょこんと私の手の上に、その小さな手を重ねた。

「僕も一緒に後宮に行くよ。鈴雨が危ない目に遭わないように、ずっと見守っててあげる。いつでも話し相手になってあげる。そしたら鈴雨、あんま怖くないでしょ？」

「毛毛」

「明日そのお役人さんにも相談してみようよ。魂人形の猫を一匹連れていってもいいかって。きっと許してくれるさ」

「うん、そうだね」

私はいつの間にか頬を伝っていた涙をぬぐい、毛毛を抱きしめた。

「ありがとう、毛毛」

へへへ、と毛毛は照れたように笑った。


翌日、私は長雲様の元に、毛毛も一緒に後宮へ連れていきたい、とお願いをしに行った。

「こ、この子、です」

「へえ、これも魂人形なのか？」

「は、はい」

私は毛毛を抱き上げ、長雲様に近づける。毛毛は愛想よくにんまりと笑っている。

「なるほど。かまわないが……少し見させてもらう」

長雲様は毛毛を手に取り、目を細め、色んな角度から毛毛を眺める。

そしてくまなく全身を確認してから、言った。

「しかしずいぶんと不格好な猫だな。他のお前の人形とは作風が違うように感じる」

「なっ……。てめっ……！」

怒りでひげを逆立て、長雲様に飛びかかろうとした毛毛を慌てて押さえつける。

「そこが逆に味わい深いって、いつも鈴雨が言ってくれてんだよっ！」

私にだっこされながらも毛毛はジタバタしながらそう叫んだが、長雲様は空気を読まずに言った。

「まあ世の中、そういう感性の者もいる。俺は美しいものが好きだが」

「おおぅいそりゃ一体どういう……もがが」

私は暴れる毛毛の口をしっかりと両手で押さえ、長雲様にペコペコお辞儀をしながらその場を去った。


「毛毛、気持ちはわかるけど、あの人にあまり失礼な口の利き方をすると、毛毛が危ないかもしれないよ」

そう言って毛毛をたしなめたが、毛毛はフン、と気に食わなさそうに鼻を鳴らした。

「あんな死体みてーな面したクソ野郎に言われっぱなしでいられるかっての！　僕は自由にさしてもらうよ。たとえ毛皮を剝がれたとしてもね！」

「口が悪い。口が悪いよ毛毛……」

それに毛毛に毛皮なんか、ないし。

それから数日が経《た》ち、あっという間に私は連天村を旅立つ日を迎えた。

長雲様が手配しておいたのか、下の町から牛車《ぎっしゃ》と使用人がやって来た。生まれてこのかた着たこともないような、なめらかな生地のゆったりとした糯裙《じゅくん》や、つま先が上を向き、コロンとした形状の高頭履《こうとうり》も用意されていた。陛下にお目通りするのに最低限失礼のないように、ということらしい。他にも身なりを整えるもの一式を渡された。

長雲様は目つきが怖いし感情の霊気も発さず不気味だけれど、出発までの準備はつつがなく淡々と進めているようだった。

そのお仕事ぶりは、やる気が感じられないのにひどく効率的だった。


いよいよ出発するという時間になり、こんな私にも幾人かの見送りが来てくれていた。

その中には両親の姿もあった。

後宮へ行けば、何年この村に戻ってこられなくなるか、わからない。というか後宮で厄介ごとに巻き込まれて命を落とす可能性が高い気がする。

そう、もしかしたらこれが両親と顔を合わせる、最後の機会になるかもしれないのだ。だというのに、私の口からはどんな言葉も出てこない。

長年工房にこもって生活し、家族とは必要最低限しか顔を合わせていなかった。家族なのに、既に心は遠く離れてしまっている気がする。

両親は、悲しみの霊気を放っている。私との別れに寂しさや不安を感じていることも、私には手に取るようにわかる。

なのに言葉が出てこない。そんな自分がふがいない。

なにか伝えたい気持ちはあるのにそれがなんなのかがわからずに、私はうつむいた。

すると、母が言った。

「鈴雨、これを持っていきなさい」

「えっ」

顔を上げてみれば、母は私に手を差し出していた。そして広げた掌《てのひら》の中には、小さな老虎の泥人形があった。

私には見ればわかる。これは父が成型し、母が色を塗ったものだ。二人の人形作りの癖が出ているから、すぐわかる。

母は浄眼持ちではないし、もちろんこれは魂人形ではなくて普通の人形。

「あの……」

老虎の人形は、子供の健やかな成長を願って贈る、魔除《まよ》けの人形。ものを恐れない子供になるようにという願いが込められた人形。

母は私の目を見つめながら言った。

「無事に、帰ってこられますように」

「うん」

私が老虎を受け取ってうなずくと、母もゆっくりとうなずいた。

「いってきます」

私は両親にくるりと背を向け、牛車に乗り込んだ。

見送りの人たちから徐々に広がっていく寂しさの霊気を体に近づけないうちに、早く出発してしまいたかった。

こんなに私を思ってくれる人たちがいたのに、今まで家族とも村の人ともうまくやってこられなかった。私は孤独ではなかったのに、自ら殻に閉じこもって逃げ続けてきたんだ。

物見窓から眺めた空は、今にも雨が降り出しそうに重たげな雲に覆われていた。

村を出てしばらく牛車に揺られていると、徐々に気持ちは落ち着いていった。

あまり整備されていない田舎道だから、牛車もガタガタ揺れる。この先後宮でどんな目に遭うのかと思うと不安しかない。だが一方で、これから都でどんな人形を作ることができるのか、それを楽しみにしている自分もいた。

結局のところこの人生は、人形作りに全て捧《ささ》げると決めている。帝《みかど》のご命令だから逆らえないという事情はあるが、長雲様にも言われた通り、人形師の道を極めるためにこれは絶好の機会でもある。

そして相変わらず、長雲様の感情が薄い。なぜそうなったのかは気になるが、霊気の圧や匂いを感じずに済み、その点では助かる。

とはいえ特に会話もなく長雲様の隣に座り、牛車に揺られ続けることに、気まずさがないわけでもないが……。

一方の毛毛は初めて目にする町の様子を眺め、瞳を輝かせている。

「わあいい匂いがしてきたぞ。肉を炙《あぶ》ってるような匂いだ。串焼きか？　あ、あそこには饅頭《まんじゅう》を売っている店もある。久々にうまいもんにありつけそうだな」

「お前、人形なのに食べるのか？」

そうたずねた長雲様に、毛毛は答えた。

「そりゃあ生きてんだから食うさ。別に食わなくたって死にゃあしないけど、活力になるからな。おいお役人！　金はいっぱいあるんだろ？　降りて食べ物買ってきな」

長雲様から、わずかに不快な霊気が立ち昇る。

「そんな風に野蛮な口の利き方をする猫は、その辺の草むらで虫でも捕まえて食べるといい。人間用の上等なお食事では、口に合わないだろうから」

チッ、と毛毛が舌打ちし、長雲様は死んだ目のまま愉快げにほんの少し口角を上げた。

栄安まで五日はかかる長旅だというのに、序盤からこの調子か……。と考えると、次第に気分は重たくなっていくのであった。

# 第二章　阿福人形

「おえぇっ」

連天《れんてん》を離れて五日後の朝。初めて訪れた栄安城《えいあんじょう》で、私は吐き気を催していた。じめっとして朝晩は涼しかった連天と比べ、栄安は日差しが強く、からっとしている。

そこは城というよりは街のような広さで、碁盤の目のようにきっちりと区画整理された土地に豪華絢爛《ごうかけんらん》な建物が並んでいる様子は、まさに壮観。城内には宮廷勤めの役人や職人、商人など、様々な人の姿がある。

「ここは外城《とじょう》だ。政務や祭祀《さいし》を行う建物や役人の住まいの他、様々な商店や工房もある。龍星国《りゅうせいこく》の文化の中心地だ」

「は、はい……」

そんな外城の中で最も人が集まっていたのは、巨大な市場だった。

その市場では、多種多様な食品、布、装飾品、薬、それから遠い異国の美術品など、様々な業者が店を開き、人でごった返していた。喧騒《けんそう》と熱気の中、霊気が幾重にも湧いて入り混じる。

「うえぇ……」

　霊気に当てられ吐きそうな私にかまわず、長雲《ちょううん》様は説明を始める。

「これからもう一つの門をくぐるとその先が内城だ。内城には皇宮や、お前が住むことになる後宮がある。妃《きさき》たちは内城から出ることができないが、業務上の都合があれば女官や女工は通行許可証を申請して外城と内城を行き来することができる。同様に、官吏が許可を得て内城に立ち入ることもある。覚えておくといい」

「はい……おえぇっ」

「鈴雨《りんう》、大丈夫？」

　膝の上に乗っている毛毛《マオマオ》は心配そうに私を見上げる。私はどうにか正気を保とうと、毛毛を両手で抱きしめた。

　うごめく霊気で視界はゆがみ、匂いがまざって気持ち悪い。

　背中を丸めてうずくまる私に、長雲様は言った。

「もう少しの辛抱だぞ。人混みもこのあたりまでだ」

「……ぇ？」

「人が多いのは市場の周辺だけだ。内城には基本的に、皇族の関係者か官吏しか入れないからな」

長雲様の言葉の通り、次第に内城へと続く大路を歩く人の数は減っていった。通りすがる人々もどこか洗練された雰囲気のあるお役人様ばかりになった。

ふぅ、と息を吐く。このくらいなら、眩暈《めまい》も吐き気もせずに済みそうだ。

「あれが栄安城内城の正門、大龍門だ」

長雲様が前方を指さす。

顔を上げると大通りの先に、龍の飾りがあしらわれ、朱色に塗られた巨大な門が建っていた。その門の両側には、見上げるほどに高い城壁が延びている。

「す、ごい」

私は気分が悪いのも一瞬忘れて、その光景に見入ってしまった。

手続きを済ませて大龍門をくぐり抜けると、ひときわ大きな建物が見えてきた。

ここはまだ後宮ではないのだろうか？　首をかしげた私に長雲様が言った。

「あれは皇宮だ。今からさっそくあちらに向かう。陛下から謁見の許可が出たのでな」

「もう、です、か……」

ようやく吐き気が収まったばかりで、まだ何も心の準備ができていない。

「まあそう緊張することはない。お前は陛下の話にただうなずいていればいいだけだ」

「え、え……」

そう言われても、緊張しないわけがない。

ただ、この現実離れした壮麗な栄安城の中で、私の意識もふわふわと現実から離れていくような感覚がしていた。


それから私は見ず知らずの女官に身なりを整えられた。事前に長雲様が説明してくださったおかげでお面には触れられずに済み、ほっとする。そしてその後長雲様と共に、皇宮内の広間の前へと案内された。

「陛下、宮中少監が参りました」

「長雲か。よかろう、通せ」

そんな陛下と側近のやり取りが聞こえたかと思うと、程なくして広間の扉が開かれた。

長雲様は膝をつき、深く頭を下げる。私も慌てて真似《まね》をした。

「陛下、黄水漣《こうすいれん》の能力を継ぐ人形師、黄鈴雨をお連れいたしました」

「長雲、意外に戻りが早かったな。ご苦労であった。そちらが例の人形師か」

「左様でございます」

「ふむ……黄鈴雨よ、いつまで床に額を擦《こす》り付《つ》けているつもりだ。そろそろ面を上げよ」

「ひっ……はぃ」

おそるおそる顔を上げる。

目の前には二人の側近を従え、冕冠《べんかん》をかぶり龍の刺繍《ししゅう》の上衣を着た皇帝陛下が、どっしりと椅子に腰かけ私を見下ろしている。意外にも肌は健康的な色に焼けており、武術を好まれるのか、がっしりとした体つきをされている。

そんな陛下はまるで太陽かと見紛《みまが》うばかりに、ギラギラと光り輝く黄金色の力強い霊気を放っていた。それは陛下の生命力や精神力の強さ、そして……好色であることを示していた。

こ、こんなにギラギラした人、初めて見た……。

目を細めたくなるほどにまばゆい光を放つ陽の霊気。さすが、大国の皇帝になるお方だけのことはある。

まだお若い上、即位して一年も経《た》たないはずだが、陛下は自信に満《み》ち溢《あふ》れている。

「陛下、黄鈴雨は人と接触することを極端に苦手としております。それゆえ、常に猫の面を被《かぶ》っていなければ人前に出られず、会話もろくにできませぬ。ご無礼とは存じますが、どうかお許しください」

長雲様がそう説明すると、陛下は納得したようにうなずいた。

「なるほど、そうであったか。どうりでプルプル震えているわけだ。まるで牛まれたての小鹿のようであるな」

はっはっは、と愉快げに陛下がお笑いになり、その度に陽の霊気がビンビン飛んで耳鳴りがするので私は顔をゆがめた。

「かまわぬかまわぬ！　猫の面を被った無口な少女というのも、また神秘的で良《い》い！のう！　良いのう！」と陛下は側近たちに同意を求め、無理やりうなずかせている。なにせあの好色の霊気のすさまじさだ。大抵の女性のことを陛下はお好きになられるのではないだろうか。お面をつけていていいことになったのはありがたいが、それほどまでに好色では逆に問題があるのではないかと、一抹の不安がよぎる。

私が軽く引いていることに気づいたのかそうでもないのか、陛下はこちらに向き直り、真面目な顔に戻って言った。

「して、黄鈴雨。そなたを後宮に呼び寄せたのは他でもない。余が溺愛する後宮の妃たちを、腹黒い策謀をめぐらせる悪《あ》しき者たちから守ってほしいからなのだ」

「は……い」

陛下から賜った勅旨には「後宮の妃たちを呪いから守り、後宮の治安改善に尽力せよ」と書かれていた。

村を出る時には後宮に行くのが嫌だということばかりを考えていたが、私は責任重大な任務を受けてしまっていたのである。

「余が新皇帝として即位して約半年のうちに、後宮では一人の妃が亡くなり、一人の妃が流産した。その際不審な点があり、余はこれを呪いによるものではないかと疑っている」

その話については旅の道中で長雲様から詳しく聞いた。

亡くなった妃も流産した妃も、就寝中に何者かに暴行を受けた。流産したものの一命をとりとめた妃が言うには、まるで暗闇の中からふわりと人が湧き出してきたようだったという。どちらの事件の時にも側の部屋にいたお付きの女官たちが、物音を聞いてすぐに駆け付けた。だが侵入者の姿は既に見当たらなくなっていたという。

「余の臣下には有能な者が多いが、呪いには文官も武官も太刀打ちできない。そなたの浄眼と人形師としての力を、余の愛する妃たちのために貸してほしい」

「はい」

こくりとうなずく。すると陛下は長雲様のほうへ向き直った。

「長雲よ、この者と協力して呪いから妃たちを守ることを、最優先の任務とせよ」

「かしこまりました」

深々と、長雲様は頭を下げる。その横顔を眺めるが、いつも通りの虚《うつ》ろな無表情で、私との任務を憂鬱に感じているのかそうでもないのかさえ、汲《く》み取《と》ることができない。嫌そうな霊気も、前向きな霊気も発していない。

「かつて黄水漣は後宮が同じような状況に陥った際、魂人形《たまにんぎょう》によってそれを解決したと記録に残っている。そなたも魂人形を作れるのだな？」

「はい」

「魂人形とは、どのようなものなのだろうか」

「え、えと。こ、このような……」

私は手に持っていた布袋から、毛毛を取り出した。

「これは、猫の置物か……？」

たずねる陛下に毛毛が答えた。

「みゃお」

相手がどんな偉い人でも敬わない毛毛ではあるが、一応陛下の前では失礼な言動を控えるつもりなのだろう。まるで猫みたいな鳴き声をあげ、手でひげをなでてみせている。

「ほう。これは素晴らしい。まるで生きているようだ」

たったそれだけでも陛下は感動されているご様子だ。

「陛下、この猫は人形師の幼い頃からの相棒だそうです。この者と共に内城に入る許可をいただきたく」

　長雲様は毛毛が変な行動に出ないかと怪しむ霊気を発しながらも、すぐにそう陛下に申し出てくださった。

「もちろんかまわぬ。たった一人で山奥の村から出てきたのだ。さぞや心細いことであろう」

「ありがとう、ございます」

　私はホッと胸をなでおろした。毛毛が傍《そば》にいなければ、とてもこの先、正気で過ごせそうにない。

　毛毛の背中をそっとなでると、毛毛は「やったね」という風に、私に視線を送ってから、いかにも猫らしい動きで私の足元に擦り寄った。

「では黄鈴雨。余からそなたに、最初の人形作りの依頼だ。連天村の名物と言えば阿福人《アーフー》形であろう。余の願いを叶《かな》えるために、阿福の魂人形を作り、献上せよ」

「ね、ねがい」

　思わずそうつぶやくと、陛下はうなずいた。

「余はもう、愛する妃やわが子を失いたくはない。次は自分が殺されるのではないかと怯《おび》える妃たちの姿も、見たくはないのだ」

そう語る陛下のまわりに、温かい色の霊気が広がっていく。それは陛下の慈悲深さ、命を落とした妃《きさき》や胎児に対する愛情の深さを示していた。

阿福は悪い獅子《しし》から子供を守る神の姿を表した人形。きっと陛下はそれを知っていて、阿福人形の作製をご依頼なさったのだ。

悪い獅子から、愛する人を守るために。

陛下は好色ではあるが、同時に人を思う気持ちに溢れたお方でいらっしゃる。

「かしこまり、ました」

最高の阿福人形を陛下に献上しようと心に決めた私は、小さな声でそう答え、深々と頭を下げた。

「それからもう一つ、決まり事を設ける。この栄安城の中では余の許可があった時のみ魂人形を作ること。守られなければそなたの命はないと、心得よ」

「か、かしこまり、ました」

い、命はない……！　こわいこと言う！

今度はブルブル震えながら頭を下げ、床に額をごつんとぶつけた。

皇宮を出ると、長雲様に後宮内を案内してもらいながら自分が住むことになる場所へ向から。

「ち、長雲様も、後宮、入って、大丈夫なん、です？」

ふと疑問に思ってたずねる。後宮というと男子禁制というイメージがなんとなくあったからだ。

長雲様は手にした木札を見せながら言った。

「業務上必要がある時のみ、この通行許可証が発行される。これを持つ官吏であれば後宮内に入ることは可能だ。ただし、どこで何をして過ごしたか、毎回報告書を提出する必要があるから少し面倒だ。だから滅多なことでは官吏は後宮に立ち入らない」

「なるほど……」

後宮内でも男性の官吏と顔を合わせる機会はあるようだ。

長雲様は通り沿いに見えてきた大きな建物を指さした。赤茶色の屋根が反り返り、太い柱に支えられた立派な佇《たたず》まいではあるが、人が集まっている様子はどこかなごやかだ。油や香辛料のいい香りも漂ってくる。

「ここは食堂だ。妃やお付きの女官たちの食事は各宮に配膳されるが、その他の女官や女工、宮妓《きゅうぎ》たちは皆ここで食事をとる」

「あの、宮妓、とは」

「行事や宴席で舞や音楽を披露する、宮廷勤めの芸妓《げいぎ》のことだ」

「な、なる……ほど」

今後食事をする時には、気位の高そうな女官や派手な芸妓たちと食堂で同席せねばならないということか。想像するだけでなかなかにキツい。

「このあたりまでが、妃たちの宮。この先は宮妓たちが住む区画。そしてこの先が、お前が住むことになる女工たちの区画だ」

「あ、あの……。まさか、集団で」

もしもたくさんの人たちと寝食を共にして生活しなければならないとしたら、地獄だ。

サーッと血の気が引いていった私に、長雲様は言った。

「案ずるな。お前は屋敷《やしき》をまるまる一つ与えられている。それもかなり広い庭付きの」

「えっ？」

私だけ、そんなにも破格の扱いをしていただけるのか？

疑問に思っていたら、段々それらしき場所が見えてきた。

「ここ……工房」

「そうだ」

後宮の西のはずれにその場所はあった。

かなり築年数の古そうな建物と、ボロボロの物置小屋。そして味気ない庭には見慣れた形の煉瓦《れんが》造りの窯。

この華やかな後宮で、この場所だけがまるで連天村みたいに見える。

「もしかして、おばあちゃんの、工房!?」

思わず隣にいるのが長雲様だということも忘れてそう口走る。

「そうだ」

長雲様がそう答えるか答えないかのうちに、私は駆け出していた。

――おばあちゃんが昔使っていた窯と工房!

私にとって、ここは聖地だ。


工房の扉を開く。そこには作業机と椅子、それから壁際に棚があるきりで、他には物がなにもない。

「ほこり、かぶってない」

「お前が来るから、掃除させておいた」

私は一旦工房から出て、外にある小さな物置小屋に向かった。

そして小屋の扉を開くと、たくさんのかつては美しかったであろう泥人形たちが、色あせた姿で無造作に並べられていた。

「この物置は不用品でいっぱいになっているな。片付けに人をよこそうか？」

そうたずねる長雲様に、私は首を振った。

「いいえ。ここは宝の山です！」

「え？」

長雲様は息をのんだ。私が強い口調で話すことに驚いているみたいで、珍しく動揺を示す霊気が淡く広がっている。

私だって自分で自分が信じられない。だが、興奮が収まらないのだ。

この物置の人形は全て、私の尊敬するおばあちゃん……黄水漣の作品だ。

「ぜ、絶対に！　処分、しないでください！」

大きな声でそう叫ぶと、長雲様はうなずいた。

「わかった。そのままにしておくから安心しろ」


翌日、私は工房の奥にある寝室で目を覚ました。人一人が寝泊まりできる程度の広さしかない、こぢんまりとした寝室。ちょっとした棚があったので、そこに連天から持ってきたわずかな荷物や、長雲様からいただいた衣類を入れてある。

「鈴雨、もう起きるの？」

眠たげに毛毛が、布団から這《は》い出て来た。

「うん、陛下からのご依頼も受けたしね。どんな阿福にしようか、うずうずしちゃって」

さっそく工房に入り、人形作りに取り掛かる。

人形作りに使う道具も連天の土も、荷物と一緒に運んでもらってある。私は土の入った甕《かめ》の蓋を開けた。

この土はただの土じゃない。掘り出した連天村の土に時々水をかけながら一年以上寝かせ、何度も叩《たた》いて捏《こ》ねて、人形作りに適した土になるよう大切に育てた土なのだ。

「ああ美しい」

私は光を帯びたその土を手に取る。

はあ、土を触っていると気持ちいい。

土の中には小さな霊気の粒がたくさん詰まっている。これは生命の種みたいなもので、これがあるからこそ土から様々な木々や作物が育つのだ。

命の粒はみんな、光り輝いている。

魂人形を作る際にはその霊気の粒を意識して繋《つな》げていく。キラキラと光る粒がぶつかり合い、小さく弾《はじ》けながら一つになっていく。人間も、夜空の星も、この世の全てのものはこの粒で出てきているんだって、昔おばあちゃんが言っていた。

そして完成する生命の姿を意識しながら形を整えれば、自然と命を持つ人形が出来上がっていく。

「陛下をおそばで見守るのには、きっとこんな阿福がいいわね……」

私は土を捏ね、霊気の粒に触れながら成形していく。その様子を毛毛が見守る。

「やっぱり鈴雨は人形を作っている時が一番輝いているよ」

「ありがとう」


成形を終えたら数日かけて陰干しして自然乾燥させる。連天の土は粘り気が強いから、焼かずに陰干しだけで作ることもできる。大衆向けの安価な人形であれば焼かずに作ることが多いのだが、やはり耐久性を高めるには焼いた方がいい。私は阿福を庭にある窯で焼成することにした。

「おばあちゃんが後宮にいた頃からはもう四十年以上経《た》っているはずだけど、この工房も窯も、よくそのまま残っていたよね」

「まあ魂人形をよく知らない人からしたら、怖くて手を加えられないんじゃないの？　命を持つ人形を生み出した場所なんてさ」

「そっかあ、そういうものかもね」

誰も手をつけていなかったおかげでこうしておばあちゃんが使っていた工房をそのまま使えることになったのは嬉《うれ》しいけれど、国中に名の知れた人形師であるおばあちゃんの作品が物置に雑に放置されているのは酷《ひど》いと思ってしまった。どこかに飾っておけばいいのに。それも気味が悪いと思われてしまうのだろうか。

あるいは先帝の時代に連天が不遇であったのと、何か関係があるのか。

そんな考え事をしていたら、毛毛が不思議そうにたずねた。

「ねえ鈴雨、そろそろ食堂へ行ってご飯でも食べたら？」

「へっ」

思わず顔をしかめる。毛毛は何を言っているのだろう。私が食堂へ行きたいわけないじゃないか。

「だって鈴雨、昨日後宮へ来てから、ろくなもの食べてないじゃない。連天から持ってきた干し果物をちまちま齧《かじ》ってばっかりで。お腹《なか》すいてるでしょ？　もう夕方だよ」

「いや、人形作りに集中したかったたし、まだここでの暮らしにも慣れていないから……」

——ぐうぎゅるる。

あ、私すごくお腹、すいてる……。

「食堂が怖いんだろうけど、ご飯食べないわけにはいかないんだから行っておいでよ。人形が乾燥するまでの間はやることもないんだし」

「うーん」

怖い！

「飢え死ぬつもり？」

ぎろりと毛毛が私を睨《にら》む。

「いや、飢え死にたくはないけど……」

とにかく外に出るのが怖いから、極力食事はしないつもりでいた。

でももちろん、そういうわけにはいかない。

「怖がってないで、まずは行ってごらんよ。ちゃんと栄養とらないといい人形作れないよ」

いい人形作れない、確かにそうかもしれない。

「わかった、行ってくるよ……」

しぶしぶ、私は食堂へ行くことにした。

後宮内の食堂では、調理や配膳を担当する尚食局の女官たちが忙しそうに働いていた。

「いらっしゃ……」

猫のお面姿の私を見て、出迎えた女官は言葉を失った。

無理もない。食堂を見渡しても、もちろんお面なんか被《かぶ》ってるのは私だけだ。

「す……ませぇ……」

かすれ声で、思わず謝る。すると私の姿に気づいたとある年老いた女官が言った。

「あ、あんた連天から来たっていう人形師だろう？」

こくり、とうなずく。なんで、わかったんだろう。

「ちょっと待ってな、今盛ってやるから」

「は、はい」

とりあえずその年老いた女官の近くに立って待つ。すると彼女は様々なおかずを手際よく盛り付け、あっという間に私の分の食事を用意してくれた。

「そこの空いている席で食べるといいよ」

「どうも……」

「あんたのおばあちゃんには昔世話になったよ」

こそっと年老いた女官が私に耳打ちする。

そっかこの人、おばあちゃんが後宮にいた頃を知っている人なのか。他の人は私を見て不審に思っていることを示す霊気をバチバチに放っているが、彼女だけは私に対して好意的な霊気を浮かべている。

ありがとうございます……。

心の中でそうお礼を言いつつ席に着き、久しぶりにまともなご飯を食べる。

お、おいしい！

お粥《かゆ》に、魚の煮物に、豚肉と野菜の羹《あつもの》まで。

連天では素朴なボソボソ食感の小麦の餅ばかり食べる毎日だった。さすが後宮の料理は違う。栄養とうまみが体に染みわたる。

ちょっと感動しながら味わって食べていたら、少し離れた席に座っていた女官たちの声が耳に届いた。妃付《きさき》きの女官であればそれぞれの宮で食事を取るので、ここにはどの妃にも選ばれなかった女たちが集まっている。きっと女官の中では平民に近い者たちが集うのだろう、周りも気にせずわいわいがやがやと噂話《うわさばなし》で盛り上がっている。

「ねえ、麗冰《れいひょう》ったらヤバイのよ。最近じゃ、下級妃たちにまで目ぇつけられちゃって」

「だってあの子、宴席に呼ばれて舞を披露したときに、陛下に色目を使ったらしいじゃない」

「舞の演出じゃなくって？」

「違う違う。元々の振り付けにあんないやらしい動きはなかったんだから」

女官たちはクスクス楽しげに笑ってみせているが、霊気の色と匂いからして、どうやら彼女たちは麗冰という宮妓《きゅうぎ》に嫉妬しているらしい。

「でも正直いい気味だわ。いつも宮妓を何人も引き連れて偉そうにしてるのが気に食わなかったのよ。陛下に少し気に入られてるからって」

「陛下は麗冰のどこがお気に召したの？　強靭《きょうじん》な脚力？」

「あの子の舞には風情がないわ。クルクル回るだけならコマでもできるのよ」

ウフフフフ、と堪えきれなくなったように女官たちが笑い出し、薄汚い感情で濁った霊気が泉のように湧き出す。

そしてご飯が、まずくなる……。

これだから人の集まる場所には近寄りたくないのだ。

「あの子、洒落《しゃれ》にならない悪い噂《うわさ》もあるでしょう？　あれが事実なら大変なことだけど」

「あー、私も知ってる、その噂」

「えっ、私知らない！　どんな噂なの？　教えてよ！」

自分だけが知らない話があることを不安に思ったのか、一人の女官が他の女官たちにたずねる。

「ん～、ここで言うのもねえ……」

皆顔を見合わせ、歯切れ悪くニヤニヤと笑ってみせるばかりだ。

「ちょっとぉ、どうして教えてくれないのよ」

「だったらあんたも面白い話を聞かせなさいよ。その内容次第では教えてあげる」

「じゃあ孟昭儀《もうしょうぎ》様のお話は知ってる？　ご実家から送られてくる装飾品を、最近色んなお妃様に声をかけて売り払っているらしいわよ。ああ見えてよっぽどお金に困っていらっしゃるのよきっと」

すると話を聞いた女官ががっかりしたような表情を浮かべた。

「なあんだそんな話、とっくに知ってるわよ。それに孟家は栄安一儲《もう》けてる商家なんだから、お金に困っているわけがないでしょ。後宮内でも商売がしたいだけよ」

「なんなら、そのために入宮されたんじゃない？　まったく、商魂たくましいわよねえ」

女官たちがどっと笑いだす。

はあ……。もうこの場にいたくない。

私は急いで食事を済ませ、食堂を後にした。

料理はおいしかったけれど、やっぱり居心地のいい場所ではなかった。

だがとりあえず、我慢すればなんとか食堂でご飯を食べることはできそうだとわかった。

それから数日が経《た》ち、私は焼成と彩色を終えて阿福を完成させた。

食事のために食堂へ出るとき以外、私は一切外出せず、工房の中でひたすら人形作りに没頭していた。

ここの環境も悪くはないかもしれない。人形作り以外のことはせずに済むし、異様なものを見るような目では見られるものの、話しかけられることもほとんどない。

彩色に使う顔料は、長雲様にお願いすればどんな高価なものでもすぐに揃《そろ》えてもらえる。金彩をおしげもなくたっぷりと施し、思い描くままに色付けすることができた。

長雲様と共に、再び皇帝陛下に謁見する。

「ご依頼の品をお持ちいたしました。連天名物の阿福人形でございます。阿福は悪い獅子《しし》から子供を守ったと言い伝えられる神であり、阿福自身も子供の姿をしております。こちらの阿福は女児の姿にて作製いたしました」

私の代わりに長雲様がそう説明し、箱に入った阿福を陛下にお見せする。

「ほう、これは見事な人形だ。ふくふくとした体つきで、景気の良《い》い笑顔をしておる。牡《ぼ》丹《たん》の花飾りや衣装の色使いも華やかで良い。両手で抱えているのは、阿福が退治したという獅子だな？」

陛下にそうたずねられ、私はうなずく。

「なるほど、だが……この人形は動かぬようだ。魂人形とは動くものなのではないのか？」

首をかしげる陛下に、箱の中から阿福が話しかける。

「陛下に拝謁いたします。ワタクシ阿福は、悪《あ》しき獅子より必ずや陛下とそのご子孫をお守りしてみせましょう」

「な……」

突然話し始めた阿福に陛下は驚き、目を見開く。

「に、人形の口が動いておる！　ほ、頬も、眉も、手も……」

「どうして驚かれるのです？　陛下は動く魂人形をお望みだったのでしょう？」

そう言って阿福はフフフと笑いながら浮き上がり、箱から飛び出してくるりと宙を舞って見せた。

「おおお……」

「無礼者！」

とっさに陛下の側近が阿福に槍《やり》を向けた。すると阿福はその槍を素手でつかみ「えいやァー」と言いながら側近もろとも地面にねじ伏せた。

「な、なんという腕力！」

驚きの声をあげる陛下に、阿福は自慢げに胸を張ってみせる。

「ワタクシは小さいけれど、力はめっぽう強いのです。そこらへんの人間なんかには負けません。それに陛下に降りかかる厄を片っ端から弾いて差し上げますわ。なにせワタクシは神なのですから！」

「おぬし、筋力が強くて自己肯定感が高いのう！　ずんぐりむっくりとしておるが、そこもまたたまらなく愛らしい！」

どうやら阿福は陛下に気に入っていただけたようだった。

良かった。陛下のように強い陽の霊気に溢《あふ》れたお方のお供は、同等の力強さを持った人形でなければ務まらないと思ったのだ。

「黄鈴雨、そなたの魂人形づくりの腕が確かであることがこれで証明された。褒美に馬毛の絵筆と金の簪《かんざし》を与えよう。今後も余と余の愛する妃たちのため、人形作りに励むように」

「ありがたき、しあわせに、ぞんじ、ます」

私は深々と頭を下げた。

陛下から追加の注文も受け、私はホクホクしながら工房へと戻る。今度は魂人形ではなく、皇宮内に置物として飾るための人形を作製してほしいとのことだ。

長雲様は工房まで付き添って送ってくださるようで、私と並んで歩いている。

「やはり、お前の魂人形はすごいな」

死んだ目のまま、ぼそりと長雲様がつぶやく。

「いえ……」

でも、陛下に自分の作った人形を気に入っていただけたのは、とても嬉《うれ》しかった。

思えば今まで連天村では、魂人形作りは私に課された当たり前の業務だった。村のために働く人形を作り、感謝はされていた。だがこんな風に驚かれて大喜びされたのは初めてのことだ。その上美術品としても評価され、新たなご依頼までいただけるなんて。

今度はどんなものがいいかな。皇宮の入り口に飾りたいとおっしゃっていたけれど……。

とウキウキしながら考えていたが、なぜか隣を歩く長雲様が、めずらしく不安や心配を表す暗い霊気を放ち始めた。

「……え？」

思わず私は長雲様の顔を覗《のぞ》き込む。その表情は、いつも通り「無」だった。

「どうかしたか？」

「な、なんでも」

反射的にスッと顔をそらし、私はうつむいた。

長雲様は一体何を不安に思っていらっしゃるのだろう。気になるけれど、たずねることはできなかった。

# 第三章　徳妃様の瞳

栄安城《えいあんじょう》の皇宮内には、小さな茶室がある。新月楼とも呼ばれるこの茶室には、皇帝と近しい者が時折招かれ、ささやかな茶席が開かれる。皇帝の暮らしは、常に大国を治める緊張感と共にある。だがこの新月楼の茶室では、つかの間、その重責から解き放たれる。

夕刻、長雲《ちょううん》は陛下に招かれて新月楼を訪れた。日が沈み始め、あたりは薄暗いが、茶室の中は部屋の隅に置かれた燭台《しょくだい》の温かい光に照らされている。

卓上には酒に合いそうな珍味が並び、陛下は既に一人で宴《うたげ》を始めていらっしゃった。

「長雲、でかしたぞ！　あれはホンモノの巫術師《ふじゅつし》だ。命を生み出すなんて、まるで神の仕業だ。今頃、礼部尚書は怯《おび》えているであろうな」

陛下はごきげんな様子で、盃《さかずき》についだ酒をぐいっと飲み干す。ここは茶室ではあるが、特に茶以外のものを飲んではいけないという決まりなどない。陛下は大抵、ここでは紹興酒を飲まれる。一方付き合いの悪い長雲はいつも通り、陛下にのみ献上されている極上の茶葉を拝借し、自分で茶を淹《い》れて飲み始めた。

酒で人生を失敗したくない。それが長雲の考えだ。彼は生きていく上で、なるべく危険性を排除して生活をしていくことを信条としているようなところがある。

その表情はいつも通り、覇気がなく幽鬼のようだ。

「私を漣天《れんてん》に出向かせる時には、あまり期待されていなかったではないですか。昔の文献にあったから、ダメもとで行ってこいとかなんとか」

「それでも大事な任務だからこそお前に任せたのだ。余にとって、幼馴染《おさななじみ》のお前ほど信頼できる官吏などいない。お前は子供の頃から生真面目で誠実な奴だった。とっとと出世して左丞相《じょうしょう》になれ。余はその日が来るのを待ち望んでおる」

「そんなことをすれば陛下の信頼が地に落ちますよ。やる気のない李《り》家の若仙人を左丞相にだなんて。……本当に、絶対におやめください」

陰鬱な顔を近づけて念を押す長雲に、陛下はため息を漏らす。

「己の出世話を断るやつなんか、お前くらいなものだぞ……。まあ、左丞相は冗談だから安心するといい。それより今は、後宮の問題があるからな」

「証拠を摑《つか》まねば、後宮だけの問題では済みそうにありません」

「ああ、国家の安泰が脅かされるような事態になりかねん。そもそも先代の無駄遣いが祟《たた》って、龍星国《りゅうせいこく》の財政状況はあまり芳しくないのだ。それに官吏たちの間で賄賂が横行している件もある。余の代で必ず立て直し、より良い世の中にしていかねばならぬ。まずは諸悪の根源を絶たねばな」

「はい」

相変わらずの無表情で、長雲はうなずいた。大国を治める帝《みかど》を前にして、こんなに愛想のない人間など彼くらいのものだ。それでも一向にかまわない様子で陛下は愉快そうに、珍味に手を伸ばし、盃に口をつける。

「まあ、あれだけの巫力《ふりょく》を持つものが現れたのだから、あちらにも必ず動きがあるはずだ。敵の尻尾を掴むまでは、あの人形師をくれぐれも頼むぞ。命を狙われるようなことも、あるかもしれぬ」

「命を……」

また一層、瞳の色を暗くした長雲の肩を、陛下はポンポン、と励ますように叩《たた》いた。

「まあそう暗い顔をするな、長雲。あんなかわいらしい猫面美少女と一緒にいられるのだから、良いではないか」

「猫面美少女、ですか」

「ああ、そうだ……。あれはな、お面があるから、いい。想像を掻《か》き立《た》てるであろう？　それにまだ、世間のことを何も知らない。純粋無垢《むく》な性格が、仕草や声音にも表れている。

その上、命を持つ人形をその手で生み出すのだからな。神秘的だ……」

「陛下には既にお美しい妃嬪《ひひん》がたくさんおありなのですから、ややこしいことをするのはおやめくださいね」

眉をひそめた長雲にそう釘《くぎ》をさされると、陛下はいよいよ愉快げにニカッと笑った。

「わかっておる、わかっておる。余はあれの神がかった特別な力にも、その技術力にも、敬意の念を抱いておるのだ。妙な心配をするな！」

ガハハハと笑いながら、陛下はまた酒をあおった。

◇◇◇

泥とにらめっこしながら、私は唸《うな》り声をあげた。

「うううんぬんぬんぬん」

「鈴雨《りんう》、悩んでるのはわかるけど唇をとがらせて鼻にくっつけるのはやめなよ」

「んぬぬぬだって思いつかないからんぬぬ」

私は今、皇宮に飾るための人形作りに取り掛かろうとしている。だがどんな作品を作ればよいのか、なかなかうまく思い描くことができない。なにせ今まで私は庶民のための人形ばかり作ってきたのだ。豊作を祈ったり、子の厄除《やくよ》けを願ったり、玩具として遊んだりするための、大量生産の人形作りが連天での主な仕事だった。

宮廷ではどんな紋様や装飾が好まれるのだろう。わからん。わからんぬぬぬ。

考えてばかりで一向に手が動かない私を見て、毛毛《マオマオ》は言った。

「あのさあ、物置にある水漣《すいれん》さんの作品を参考にしてみたら？　きっと宮廷向きの作品なんだろうから」

「あぁね」

言われてみれば、その通りだ。後宮に残されたおばあちゃんの作品はどれも、宮廷の人たちのために作られたもの。その人形を見れば、きっと私がどんな人形を作るべきかが見えてくる。

さっそく、物置にあるおばあちゃんが作った人形たちの中から数体を外に運び出してみる。夏の日差しの中に、色とりどりの人形たちが姿を現す。

「わあ、やっぱりおばあちゃんの人形は存在感があって華やかだなあ」

私は額の汗をぬぐいながら人形を眺める。それにしても栄安の夏は暑い。連天村は龍星国の中では北に位置する霊山州《れいざんしゅう》の山の上にあるので、栄安とは全く気候が異なる。

そーっと埃《ほこり》を払ってみる。塗料の剝げた部分もあるが、人形の衣類に様々な美しい模様が描かれているのが確認できた。施されている化粧や装飾品も、とても参考になりそうだ。

「こんな強い日差しを浴びてたら、せっかくの彩色が色褪《いろあ》せちゃうかも」

私は急いで人形たちを工房に運び込む。ゆっくり観察してみると、人形の保存状態がよくないのがわかった。

「これ、色の剝げた部分を塗りなおそうかな」

毛毛に相談する。

「うん、そうしてあげなよ。僕だったらこんな姿でいるの嫌だな」

「……そうだね」

さっそく、作業を始める。元の彩色の色味と同じになるよう慎重に顔料を混ぜ合わせ、人形に絵筆を走らせる。すると次第に、人形がよみがえって生き生きしていくように感じられた。

とても楽しい。永遠に修復作業を続けていられそうなほどだ。

「こんな模様もあるのね」

おばあちゃんの人形の衣に描かれた模様を、丁寧に絵筆でなぞっていく。

これは勉強になるなあ。

「ああ、もっと細くてしなやかな筆があれば精密な模様が描けるのに」

「そういえば鈴雨、陛下から褒美に馬毛の絵筆をもらえるんじゃなかった？」

「うん、今日あたり渡せるかもしれないって、長雲様が言ってた……」

なんでも筆の名産地からわざわざ絵筆を取り寄せていただいたそうで、ようやく今日届く予定だと聞いている。

「すごく……気になる」

もしもう届いているのなら、一刻も早くその絵筆を手にしたい。

「申請すれば、大龍門を通ってあのお役人に会いに行けるんじゃないの？」

「そうだけど、できないよ」

通行許可証の申請をするには大龍門で手続きをしなければならない。当たり前だが、そのためには知らない人と会話しなければならないのだ。

「いざという時のためにも、練習で行っておいたら」

「でも……」

「慣れておいたほうがいいよ。急ぎの用事があったときに困るから」

「うん……」

しょうがない。確かに毛毛の言う通りだ。それに絵筆が届いたのか、気になるし。

私は猫のお面を被《かぶ》り、外へ出た。

「すご……」

私は後宮内の景色を眺めつつ大龍門へと向かう。たまに食堂へ行く以外には外に出ていないのもあって、この煌《きら》びやかな風景が全然目になじんでいない。

栄安城の内城はほぼ左右対称の作りになっており、大龍門に最も近い中央の位置に陛下の住む皇宮がある。皇宮周辺には妃《きさき》とそのお世話をする女官たちが住む宮が並んでおり、妃の中でも最も位の高い正一品にあたる四夫人たちの宮はひときわ広い。四夫人には通常、貴妃、淑妃、徳妃、賢妃が任命されるが、現在賢妃は空席……なぜなら殺されてしまった寵妃《ちょうひ》というのがその賢妃様だったからである。それから陛下にはまだお子がいないこともあり、皇后は冊立されていない。

妃たちの宮の外側には女官、宮妓《きゅうぎ》たちの住まいや食堂がある。そして外壁に近い土地には作業場や女工の工房が置かれている。つまり陛下に用事のない建物ほど外側にあるわけだ。

そういうわけで、大龍門は私の住む工房からは少し遠い。碁盤の目のようにまっすぐに延びる道を歩いていると、時折女官たちとすれ違う。

私はなるべくすれ違わずに済むよう、前方から人が来るのが見えるとすぐに道を曲がり、人に近寄らないようにしているのだが……。

「うぁっ……」

通りが交差する箇所で、宮妓の集団に出くわしてしまった。ちなみに宮妓と女官の見分けはなんとなくつくようになった。きちんとした衣服の着こなし方で装飾品を控えめに身に着けているのは大抵女官で、胸元を広げて服を着崩し、派手な髪型をしているのが宮妓である場合が多い。妃を目にしたことはまだない。

宮妓たちは皆、驚いたようにこちらを見つめ、不快感を示す霊気を発した。

無理もない。猫のお面を被った挙動不審な人間がいたら、誰だってそうなる。

中でもひときわ華やかな雰囲気を纏《まと》った宮妓が、一歩前に出て私の顔を覗《のぞ》き込み、つぶやいた。

「気持ち悪」

「…………」

いくら私でも、面と向かってそう言われたのは人生で初めての出来事だ。

世の中すごい人がいるものだな、とびっくりしつつもその宮妓を見つめる。褐色の肌に彫りの深い顔立ち。大きな瞳とくっきりした目鼻立ちが印象的な、いかにも気の強そうな女性だ。

「あんた、あの廃墟《はいきょ》みたいな屋敷《やしき》に住むようになった女工でしょ？」

「……は、い」

「あんなところによく住んでいられるわよね。幽霊とか出ないの？」

「あ……う……」

お面を被っていても、初対面の人と話すのは苦手だ。その上こういう高圧的な態度をとられると、何も話せなくなってしまう。

どうしよう、と困っていたら、褐色の肌の宮妓は愉快げに笑った。

「ねえ、もしかして、言葉が話せないの？」

「…………」

強気な言葉通りの攻撃的な霊気と共に、焦りや不安を表す霊気が彼女から広がっていく。

……一体、どうして焦っているんだろう？

疑問に思うが、もちろんそうたずねることなどできない。

「名前も名乗らず、お面を被ったままでいるなんて失礼にもほどがあるわ。今すぐそのお面を外しなさいよ」

「う……」

プルプルと首を横に振り、お面を手で押さえる。宮妓たちは「麗冰《れいひょう》ったら、ちょっとやりすぎよ」とささやきながらも楽しげに笑っている。

その声に触発されたかのように、彼女は私の両手首をガシッと摑《つか》んだ。

麗冰……？　どこかで聞いたような……。

そうか、確か前に食堂で、女官たちに噂話《うわさばなし》をされていた宮妓の名前だ。

彼女が麗冰だったのか。

「聞こえなかったの？　お面を外せと言ったのよ。手で押さえていては外せないでしょ！」

彼女の中から湧き出す怯《おび》えや怒りの霊気に飲み込まれそうになりながら、必死に抵抗する。

「うう……」

怖い！　それに腕の力が強すぎる！

で、でも私だって、幼い頃から土を掘ったり捏《こ》ねたりしてきたもの！　腕力では負けない！

「ぐぐ……」

「ちょ、いい加減手を放しなさいよ！」

「む……り」

「放せってんでしょ！」

とその時、背後から声がかかった。

「お前たち、何をしているのだ。騒がしい」

顔を上げた麗冰が、ハッと息をのむ。そしてすぐに私から離れて後ずさり、地面に膝をついて頭を下げた。

「魏徳妃《ぎとくひ》様、お見苦しいところをお見せして申し訳ございません！」

なにがなんだかわからないまま、後ろを振り向く。

そして私も、思わず息をのんだ。


――長老様の部屋に飾られていたお人形みたいに、美しいお妃様！

すらりとした長身の体を強調するように、肩から垂れる帔帛《ひはく》と大袖の紗衣《しゃぎぬ》。胸高の長裙《ちょうくん》には見事な金糸の刺繡《ししゅう》が施されている。高く盛って結われた髪には花や蝶《ちょう》の形を模した冠をつけ、そこから透けるような薄絹の面紗《めんしゃ》が垂れ、顔全体を覆っているのが神秘的だ。白く長い首には重たげな翡翠《ひすい》の首飾り。

人間離れしたそのお姿は神々しくさえあり、思わずぼーっと見惚《みと》れてしまう。

彼女は幾人かの女官たちに囲まれていて、そのうち一人が前に進み出て私たちを睨《にら》みつけている。どうやら彼女に私たちは叱られてしまったようだ。

いけない、と気づいてすぐに膝をつき、頭を下げる。

「魏徳妃様の住まう白龍宮の前で、取っ組み合いの喧嘩《けんか》ですか。はしたない」

女官にそう一喝され、隣の麗氷が慌てた様子で言い訳を始める。

「申し訳ございません。この怪しげな者に声をかけたところ、名も名乗らず、お面を取ることも拒否したものですから、つい」

「この者は……」

ゆっくりと誰かがこちらに歩み寄ってくるのと同時に、ふわりと柔らかな甘い芳香が漂った。装飾品をたくさん身に着けているからだろうか、一足歩くたびにシャランシャランと音が鳴る。

「顔を上げよ」

「……はい」

小さな声で答えながら、おそるおそる顔を上げる。するとあろうことか魏徳妃様が、私に顔を近づけていた。

「そなた、名はなんという?」

「こ、こ、こ」

ガクガク震えてまともに声が出てこない。しかしここで名を名乗ることもできなければ、正一品の徳妃に無礼を働いたとして処罰が下るかもしれない。

頑張って声を振り絞るが、極度の緊張で喉がしまり、声が出てこない。

「ぅ、り、ん、ぅ」

「こうりんう、と申したか?」

そう確認してきた彼女に、何度もうなずいてみせる。特に怒っている様子はなく、むしろ慈愛に満ちたあたたかい霊気が湧き出している。なんて心地よい霊気だろう、傍《そば》にいるだけで心まで穏やかになるようだ。おかげで私は少しずつ、落ち着きを取り戻した。

「なぜ猫のお面をつけているのだ。話せるか」

優しくたずねられ、私は必死に告げた。

「ひ、ひとが、こ、こわい、から」

すると彼女は女官や麗冰たちに、後ろに下がるように命じた。

「私がこの者にお面を外させ、素顔を確認する。それでよいな?」

「ですが、その者は危害を加えるやもしれませぬ。お顔を近づけるなど、危険すぎます」

側仕《そばづか》えの女官は心配してそう言ったが、魏徳妃様は首を横に振った。

「大丈夫だ、この者は私に手を出してきたりはせぬ。私には視《み》えるのだから」

すると女官はしぶしぶ納得したように下がっていった。

やがてみんなが傍を離れてから、彼女は私にささやいた。

「私に一瞬だけ、顔を見せなさい。済んだらすぐにお面をつけてよいから」

「……はい」

すぅ、と深呼吸をして、私は猫のお面を外し、魏徳妃様も顔を覆う面紗を手で払いのけて私に顔を近づける。

「…………！」

私は面紗を取り払ったそのお顔を見て、驚いた。

魏徳妃様の瞳は私と同じように、青みがかった浄眼だったのだ。

私に顔を寄せ、彼女は耳打ちした。

「その瞳からこの世を見るのはつらいだろう」

「…………っ」

深い同情と哀れみの霊気に包まれる。彼女もまた、浄眼によって今までつらい思いをしてきたということだろう。

おばあちゃん以外に浄眼を持つ人に出会ったのはこれが初めてのことだ。

「これから先は、何かあったら私を頼れ」

細い指がお面を持つ私の手に触れる。そしてそのまま魏徳妃様は、お面を私の顔に被《かぶ》せなおしてくれた。

顔を近づけてわかったが、彼女は想像したよりも年上の女性だった。おそらく年の頃は二十六・七といったところか。うつわの大きさと冷静さを持ち合わせたような、達観した雰囲気がある。

私はなんだかボーッとしてしまって、しばらく動けずにいた。

「作業着を身に着けておるな。女工なのか？」

「は、はい。あ、あの、に、人形、の」

するとその時、見知った魂の気配が近づき、私の肩に手をかけた。

「お前、なにをしている」

振り返ると、そこには長雲様が立っていた。相変わらずの無表情だが、これで助かったと思えてホッとした。

長雲様を見た魏徳妃様は、フフフと笑いを漏らす。

「これはこれは。李家の若仙人ではありませんか」

長雲様は幽鬼のような目を一瞬細め、その際わずかに苛《いら》つきを感じさせる霊気を放った。手には小包を持っている。きっと絵筆を届けに来てくださったのだろう。

「魏徳妃様、この騒ぎは一体」

ふとあたりを見渡すと、麗氷たち宮妓《きゅうぎ》や魏徳妃様のお付きの女官の他にも、野次馬のような人たちが周りに集まり始めていた。

「この女工が宮妓に絡まれていたのです。怪しいお面をして、名も名乗らぬと。それで私が皆を納得させるため、素顔を確認したところです」

すると長雲様は、麗氷たちや野次馬に聞かせるかのように声を張り上げた。

「この者がお面を被って過ごすことには陛下より許可が出ている！　今後このことで騒ぎを起こさぬように！」

取り囲む人々が、皆一斉に私を見る。

うわあ、やだあと思っていたら、長雲様が私の手を引いた。

「いくぞ」

「は、はい……」

長雲様に連れられ、私は人だかりを抜けていった。

麗冰の横を通り過ぎる時、彼女から鋭い目つきで睨まれた。

「はあ嫌だな」

あの一件以来、私は外に出るのがすっかり嫌になってしまった。作業に集中していると気持ちが落ち着くから、ひたすら人形作りを続けている。陛下から褒美としていただいた馬毛の絵筆はとても描き心地が良《い》い。今は皇宮に置物として献上する予定の人形の焼成を終え、彩色をしているところだ。

「今日も食堂に行かないの？」

心配そうに毛毛がたずね、私はこくりとうなずいた。

「人に会いたくないもの。ずっとそうしているわけにはいかないって、わかってはいるんだけど……」

「鈴雨は浄眼のせいで人の霊気が見えるんだから、仕方がないよ」

そう言って毛毛はなぐさめてくれた。私は一旦絵筆を置いて、近づいてきた毛毛を膝に乗せ、背中をなでる。毛毛をなでていると、穏やかな気持ちになれる。

「でも、魏徳妃様は浄眼をお持ちなのに、あれだけの数の女官に囲まれながら生活なさっているのよね。おばあちゃんだってたくさんの人と関わりながら暮らしていたんだし、浄眼だからって私だけひきこもりであることが許されるわけないわ」

頭ではそうわかっていても、結局工房を出て食堂へ行く気にはなれない。あの一件の後長雲様に、小麦粉や干した果実を工房へ運び込んでいただいた。最近は主に、素朴な小麦の餅を焼いて食べている。村にいた時よりも、さらにひきこもりになっている気がする。

「これじゃあ鈴雨がますます痩せちゃうね」

毛毛は苦笑いした。確かに元々貧相な体つきが、後宮に来てからは余計にやせ細ってしまった。あの食堂で毎回食事をしていれば、きっと肉付きも肌艶も良くなるのだろうけれど。

「はあ、お腹《なか》すいたから餅を焼こうかな」

するとトントン、と工房の扉を叩《たた》く音がした。

「えっ？」

思わず毛毛と顔を見合わせる。

「いないのか？」

扉の向こうから声がする。それは長雲様の声だった。

「お、おります。今開けます」

私は猫のお面を被り、急いで扉を開く。

するとそこには布包みを手に持った長雲様が立っていた。

「な、なにか、ご用で？」

おそるおそるたずねると、虚《うつ》ろな目のまま長雲様が言った。

「腹が減っているのではないかと思ってな」

長雲様は工房の中にツカツカと入っていき、机の上で布包みを広げた。中からは、菰《こも》の葉で三角形に包んだ粽《ちまき》がいくつも出てきた。

「ち、ちま、き！」

思わずそう叫んでしまった。ついでにグーッとお腹まで鳴る。これでは腹ペコなのがモロバレだ。

「な、なんの、粽ですか」

「肉粽だ。もち米と味付けをした豚肉、棗《なつめ》、松の実が入っている」

グーッ。

「外城《とじょう》の市場で買ってきたばかりだから、まだ温かい。ここの店の粽は美味なことで評判らしい、人だかりができていて買うのに苦労したよ」

グーッ。

「……早く食べるといい」

「はい」

「僕もいただくよー」

そう言って真っ先に粽に触れようとした毛毛を、長雲様が制止した。

「畜生の分際でこの粽が食べたいのならば『ありがとうございます李長雲様』と言って俺の足の甲に頭をすりつけ、心からの感謝を十二分に示すことだな」

「がるるるる」

毛毛がたっぷりとしたひげの毛を逆立てて長雲様を威嚇している隣で、私は「そっか」と床に両膝をつき、長雲様の足元に頭を下げた。

「あ、ありがとうございます、李長……」

「鈴雨、先程の言葉はお前に向けて言ったのではない。しつけのなっていない猫を教育しようと思ったまでのことだ」

「あっ、すみません。て、てっきり私も、畜生の分際なのかと……」

顔を上げると長雲様が、残念そうな顔で私を見下ろしていた。

結局毛毛も長雲様にお礼を言うことで粽を一つもらえることになり、皆で粽を頬張る。

「おいしいですね」

「そうだな」

毛毛は何も言わずに粽にがっついている。長雲様に頭を下げる時には屈辱的な顔をしていたが、今は粽のおいしさに夢中になっている様子だ。

「なんだか人形が増えていないか」

長雲様は工房内の棚を見つめている。棚には私が修復したおばあちゃんの人形が並べてある。

「物置にあったものをきれいにして、色がかすれてしまったところを彩色しなおしたんです」

私がそう答えると、長雲様は驚きの霊気を放ちながら目を見開き、こちらに振り向いた。

「どうか、されました?」

不思議に思ってたずねる。長雲様が驚くなんて、珍しい。

「お前、今普通にしゃべったな」

「…………あ」

確かに私、長雲様に緊張せずに話せていた気がする。どうしてかな。おいしいものを食べて気が緩んでいたのもあるし、そろそろ長雲様にも慣れてきたのかもしれない。

「たぶん、長雲様と二人きりで、お面をつけてなら、普通に話せます」

「そうか。お前、普通にも話せたんだな」

「はい。村の人でも、家族や幼馴染《おさななじみ》になら、一応普通には話せてましたから」

でもまさか、こんなにも早く長雲様と普通にお話しできるようになるなんて。

最初のうちは、高貴なお方だと思ってガチガチに緊張していたのになあ。

そう思うとなんだかおかしくて、思わず笑いだしてしまった。

「ふふふっ」

「え、お前、笑うのか……」

また長雲様が驚いている。私にとっては長雲様の感情を感じ取れることのほうが、驚きだ。

「長雲様にも、心があったのですね」

思わずそう言うと、長雲様はいぶかしげに言った。

「どういう意味だ、それは」

「言葉の通りです」

またおかしくて、堪えきれずに私は笑った。

はあ、人とお話しして笑うなんて、何年ぶりだろう。

長雲様と話せたことで自信を取り戻した私は翌日、勇気を出して食堂へ行った。

いつもの尚食局の年老いた女官が、すぐに声をかけてくれた。

「今日は来たね。毎日二回来なくちゃ駄目だよ。朝餉《あさげ》と夕餉《ゆうげ》をたっぷり用意してあるんだから」

「は、はい」

「待ってな。あったかい海老《えび》入りの湯餅を盛ってやるよ」

優しい言葉をかけてもらえて、ありがたい。

受け取ったお椀《わん》を席に運び、さっそく食べ始める。うまみたっぷりの温かい汁の中に、海老と細切りの葱《ねぎ》、そして紐《ひも》のように細い小麦の餅が入っている。今までに食べたことがないものだけれど、すごくおいしい。

夢中で湯餅をすすっていると、また女官たちの話し声が聞こえてきた。

思わず耳をそばだてる。なにせ私には会話の盗み聞きくらいしか情報を得る方法がない。

「ねえ、あんた新入りだから教えてあげるわよ。飛龍園の金人の話」

「飛龍園って、後宮の東側にある中庭のことですよね」

「そうそう。そこに、金属製の神仏像があるでしょう？　あれが夜中に動くらしいのよ」

「ええ、怖い」

「後宮じゃ昔から有名な話なのよ。金人が夜中に動き出して、悪い行いをした人に裁きを下すんだって」

「なんなんですか、裁きを下すって」

「そりゃああんた、いろいろでしょうよ。殺されるとか、大怪我するとか、目玉をくりぬかれるとかさ」

「……食事してるときに物騒なこと言うのやめてもらえます？」

……私も今その話は特に聞きたくなかったなあ、と思いながら残りの汁をすすり、食事を終えた。

だがきっとあの女官たちは仲がいいのだろう。怖い話をしていたけれど、楽しげな霊気を放っていた。

おだやかな陽の霊気を見るのは好きだ。こういうのなら、悪くない。


しかし食事を済ませて工房に戻ってくると、とんでもないことが起きていた。工房の中がめちゃくちゃに荒らされていたのだ。

「えっ……」

顔料が工房の中のあちこちに撒《ま》かれて飛び散っているし、道具が床に散乱している。

「鈴雨！」

駆け寄って来た毛毛が、私の胸に飛び込んだ。

「ごめんね鈴雨、あいつらを何とかしたかったけど、独りだとなんだか心細くて、怖くて止められなかったんだ」

「いいの。毛毛が無事ならそれで。あの……あいつらって？」

「派手な格好の宮妓《きゅうぎ》たちだよ。前に鈴雨にお面を外せって言ってきたのと同じ人たちじゃないかな。麗冰っていう褐色の肌の宮妓もいたから」

「そんな……」

確かに麗冰はあの一件以来、私を嫌っているだろうとは思っていた。私が立ち去った時には睨《にら》みつけられてしまったし、魏徳妃《とくひ》様と長雲様が私を庇《かば》ったこともあり、あの件で麗冰は後宮内での評判を落としたはずだ。

これはその仕返しということだろうか。

「あっ」

私は連天村からわざわざ持ち込んだ土の入った甕《かめ》が、倒されて割れているのを見つけた。

慌てて駆け寄り、土の状態を確認する。

「……ひどい」

土には大量の灰が振りかけられている。これではこの土は使い物にならない。

また連天から土を取り寄せるのには何日もかかる。

だがそれより、私はこの貴重な土を、価値のわからない者たちの手によって汚されたことに怒りを覚えた。

「捏《こ》ねて、水をやって、寝かせて、一年以上かけて育てた連天村の土なのよ……。この土は状態も良くて、いい人形が作れるはずだった土なのに……」

こんなの、命の宿った土を殺されたようなものだ。

「許せない」

どんなにみっともない状態になってもいいから、一言文句を言ってやらねば気が済まない。私が麗氷にはっきりと物を言えるとは自分でも思えないが、もう「わー」でも「このやろー」でも何でもいいから言ってやる！

私は怒りに震えながら表の通りに出る。

「どこ……どこなの……」

「まって鈴雨、僕も行くから！」

慌てて毛毛が私を追いかけてくる。

宮妓の住む区画のほうへ歩いていくと、待っていたとばかりに麗氷が宮妓を引き連れ、姿を表した。

「あら、人間がこわい人形師さんじゃないの。どうかした？」

麗冰は自信満々に笑みを浮かべ、仁王立ちした。大きく開かれた襦裙《じゅくん》の胸元からは、はち切れんばかりのたわわな胸がその姿をのぞかせている。

「ねえ、一体どうしたの？　黙ってないでよ。ちゃんとお話ししなくちゃわからないわ」

眉をひそめ、いかにも愉快げに笑ってみせている。

こんなに馬鹿にされ、連天の士まで台無しにされて、黙ってなんかいられない。

よし、一言、言ってやる。

「わ、わー！　の！　つ、ち！　いのちのぉ！　ぐ、けがっ、けがし！　た！」

なるべく大声でそう叫んだ。気持ちが高ぶりすぎて酷《ひど》い動悸《どうき》がする。

「ひゃっ、なに？」

「こわいこわいこわい」

「やだあ、なにか憑《と》りついてるんじゃないのぉ？」

麗冰を取り囲む宮妓たちが、私の剣幕を見て不気味がって距離を置く。

「ぷっ。何言ってんだか全然わからないわよ」

余裕の表情で噴き出し笑いしてみせる麗冰だが、焦りの霊気が現れ始めた。

とそこに、私に追いついた毛毛がやって来て、私の頭に乗る。

「え、なにこの猫。焼き物なのに動いてる」

「やだやだやだ」

「ああ気持ち悪い……。しっしっ」

麗氷の傍《そば》にいた宮妓たちはさらに距離をとる。

毛毛は威嚇するようにひげの毛を逆立てた。

「キメェとか言ってんじゃねーぞこら！」

ひゃーと叫び声を上げながら宮妓たちが走って逃げる。

「しゃべった！」

「あの猫、顔が怖い！」

「だれか石でも投げて壊してよ」

「いやよ、呪われそうだわ」

麗氷は食い入るような目で毛毛を見つめている。

恐怖を表す霊気を発しているが、私に負けたくないとの思いから強がって仁王立ちを続けている様子だった。よほど怖いのか、瞳が潤んでいる。

「ハッ。どうせからくり人形みたいなものでしょ。私は騙《だま》されないわよ」

「麗冰、今日はやめておきましょ。あまり騒ぎが大きくなると、お叱りを受けるわ」

「気味が悪いからもう行きましょうよ！」

背後から宮妓たちがそう声をかけている。

……逃げるだって？

命の土を汚しておいて、罪も認めず逃げるつもりか！

激しい怒りが体中を駆け巡る。

「つ、ち！　ころ、した、な！」

大声でそう叫ぶと、宮妓の一人が言った。

「麗冰がやるって言うからついていっただけよ！」

「わたしはやりたくなかったわ！」

「……な」

仲間からの裏切りに遭い、麗冰が顔をゆがめる。

そんな風に騒いでいるうち、通りの向こうからお妃《きさき》様とお付きの女官たちが姿を現した。

きらびやかな髪飾りと、頭から垂れる薄絹の面紗《めんしゃ》。

魏徳妃様だ。

「お前たち、懲りずにまた騒いでいたのか」

「騒がしくして申し訳ございません」

宮妓たちは次々に、地に伏せるようにして頭を下げる。

「今度はどうしたのだ」

すると頭の上の毛毛が話した。

「こいつらが人形工房を荒らしたのさ。工房に顔料をまき散らして、連天の土も駄目にしちまった！」

「ほう。それは勇気のある者もいたものだな。連天から来た人形師の工房を荒らすとは」

魏徳妃様はそう言って、苦笑いなさった。

「わ、私たちは工房を荒らしてなどおりません！　でもあのぅ、念のためおうかがいしたいのですが……勇気がある、とは？」

宮妓の一人がおそるおそるたずねると、魏徳妃様は答えた。

「おぬしらは知らぬのか？　連天は神と繫《つな》がる土地。その土には命が宿り、時に命を持つ人形、魂人形《たまにんぎょう》が生まれるそうだ。いわば魂人形作りとは、巫術《ふじゅつ》に近い。そんな連天の人形師の工房を荒らし、土を汚せば、きっと祟《たた》られるであろう。誰がやったのかわからぬが、私にはとても真似《まね》のできぬ所業だ」

「えっ」

宮妓たちから不安や恐怖の霊気がどばどば湧き出してきた。

「人形師は巫術師だったってこと？」

「魏徳妃様がおっしゃるんだもの、きっと本当よ」

そう誰かが言った。どうやら魏徳妃様は位が高いだけではなく、後宮内で高い信頼を得ている様子だ。

「ねえ、あの人形師に顔を覚えられる前に行きましょうよ……」

「そうしましょ」

「徳妃様、申し訳ございませんが、所用で持ち場へ戻らねばなりません。私共はこれにて失礼いたします」

「お騒がせいたしましたこと、重ね重ねお詫《わ》び申し上げます」

宮妓たちは深々と頭を下げると、蜘蛛《くも》の子を散らすように逃げていってしまった。

一人残された麗冰は「チッ」と舌打ちしてから、去っていく宮妓たちを慌てて追いかける。

魏徳妃様はゆっくりと私に歩み寄り、言った。

「これでもう、工房を荒らされることはなかろう。掃除に人手が必要なら、女官を幾人かそちらに向かわせることもできる」

「いえ、だいじょう、ぶ、です。ありがとう、ござい、ます」

たどたどしくそう答え、深々と頭を下げた。

「そうか。大変であったな」

魏徳妃様は優しく微笑《ほほえ》む。私はその笑顔に、おばあちゃんの面影を重ねていた。


その数日後、私は皇宮に飾るための人形に彩色を済ませ、陛下に献上した。この人形は工房が荒らされたときには被害に遭わなかったため、無事予定通りに完成できた。妖艶で美しい架空の妃の像に、陛下は大変お喜びになった。皇宮の入り口に飾ってくださるそうである。

先日宮妓たちに絡まれた件もあるからか、長雲様が工房まで送り届けてくださることになった。背の高い長雲様にくっついてちんちくりんな自分が歩いている様子は、きっと端から見れば手のかかる子供の面倒を見ているようにしか見えないだろう。ああ、どんどん申し訳なくなってきた。

「すみません、お手を煩わせて……」

思わずそう謝ると、長雲様はそれを制止して言った。

「いや、謝るのは俺のほうだ。悪かったな」

「へ？」

思わず顔を上げ、長雲様を見つめる。普段から元気なたちではないが、それでも何事にも動じない強さを持ったお方だとは思っていた。それが今はいつになくしょぼんとして、悲嘆の霊気を滲《にじ》ませている。

「俺のせいで、お前の仕事に支障をきたすところだった」

「いえ……」

「工房を荒らされ、原料の土まで駄目になった。そういうことが起きないようにするのは、本来俺の役目だからな」

「ああ……。でも、もう大丈夫だと思います。私に嫌がらせすると祟られるって、みなさん信じ込んだみたいですから」

魏徳妃《とくひ》様の牽制《けんせい》の威力は絶大だった。今や後宮内の道を歩いていても、食堂へ行っても、人が避けていくようになったのだ。便利で助かる。

「魏徳妃様には二度も助けていただいてしまいました。そういえば、魏徳妃様が浄眼をお持ちなのはご存じですか？　私、びっくりしたんです」

たずねると長雲様はうなずいた。

「ああ、有名な話だから知っているよ。魏家は巫術に長《た》けた一族だからな。祭祀《さいし》に関わる部署にも魏家のものは多いし」

「あの……。であれば、なぜ陛下は魏徳妃様に頼らず、山奥に住む私をわざわざ呼び寄せたのでしょう？　浄眼をお持ちの魏徳妃様や巫術に詳しい魏家の方々が調べれば、問題は解決できるのではないですか？」

　すると長雲様は浮かない顔で答えた。

「なぜ頼らないのかと言ったら、それは魏家が呪術にまつわる事件の犯人としては一番疑わしいからだよ」

「それは、どういう……」

「先々代の時の呪術騒ぎの犯人は、その当時の魏家の妃だったからね」

「えっ」

　思わず私は言葉を失った。

「そのことで一時、魏家は宮廷から追放された。今はその後の皇帝への献身が評価されて、また戻ってきてはいるが……」

「そうだったのですね」

　自分を助けてくれた浄眼を持つお妃様が、一番の犯人候補だったなんて。それも先々代の呪術騒ぎの時に追放されたということは、私のおばあちゃん、黄水漣《こうすいれん》に悪事を暴かれたということだ。

そんな経緯があったのなら、連天の人形師である私は魏家に恨まれていることだろう。

だがそんなことはおくびにも出さずに、魏徳妃様は私に優しくしてくださったのだ。

魏徳妃様と見つめ合ったあの瞬間のことが脳裏をよぎる。キラキラと輝く浄眼と、穏やかな霊気。「私を頼れ」とおっしゃった、あの言葉には嘘《うそ》がなかった。

だけれど、一体どんなお気持ちで、そうおっしゃったのだろう。

心がぎくしゃくする。胸騒ぎがして気持ちも暗くなり、肩を落として無言で歩くうちにいつの間にか工房にたどり着いた。すると長雲様が、持っていた布袋を手渡してきた。

「まあ、無事に人形も完成したことだし、これでもどうだ」

「えっと、これは……」

袋の中に入った紙包みを取り出して広げてみると、顔の大きさほどの平べったい円形の塊が出てきた。葉っぱのようなものが密集してできているように見える。

「それは餅茶と言って、茶葉を固めたものなのだ。お前、茶は知っているか？」

「……なんとなくは」

お茶なんて高級品だから、ほとんど口にしたことがない。餅茶に鼻を近づけると、良《い》い香りがした。

「この塊を少しずつ崩して、湯で煮込むんだ。体調に合わせて、生姜《しょうが》や陳皮を加えるのもいい。この餅茶は、工房に置いていくから」

「え、なんでですか？」

「そうすればいつでも茶が飲めるだろう」

「……わ、私が？」

「俺もだ」

「はい……」

つまり長雲様は今後、工房で頻繁に長居するおつもり、ということだろうか。

え、嫌かも……。

「他にも紙包みが入っているだろう、それには茶菓子が入っているよ」

「そうですか」

「茶は俺が淹《い》れよう。お前には茶のことが何もわからないだろうからな。これは上質な茶葉なんだ。無駄にするのは惜しい」

「はあ……」

もう一つの紙包みを開くと、小麦を捏《こ》ねてねじって揚げたような茶菓子が入っていた。

慣れた手つきで茶を淹れた長雲様は、「ほら飲めよ」と私に茶杯を差し出すと、懐から書物を取り出して読み始めた。珍しく、楽しげな霊気をうっすらと放っている。読んでいるものが面白いのだろう。

「あのう……」

「ん？　どうした。まだ茶菓子を食べていなかったのか。遠慮なく食べるといい」

「はい……」

茶菓子を少し齧《かじ》ると、蜂蜜の甘みとごま油の香ばしさが口の中に広がった。

くあぁ、高級なお菓子はおいしいなあ。

これで長雲様さえいなければ、気も楽で最高なのに……。

おいしさに打ち震えながらも失礼なことを考えつつ、私は長雲様が読んでいる書物の表紙に目をやった。

「伝奇小説ですか」

すると長雲様が顔を上げ、こちらを見た。

「お前、文字が読めるのか？」

「え？　はい」

「あの山奥の村で育って、文字が読めるのだとは思わなかった」

「おばあちゃんが教えてくれたんですよ。後宮から持ち帰った書物で、私に読み書きを教えてくれました」

「そうだったのか……。じゃあ今度からは、お前が読む分も持ってくるよ」

「はあ、ありがとうございます」

再び長雲様は小説の世界へと戻っていかれた。

そんな長雲様を眺めながら、茶をすする。

これは、ずいぶんと長居をするおつもりのようだ……。

静かな工房の中に、私が茶菓子をぼりぼり齧る音だけが響き渡っていた。


それから半月ほどして、ようやく連天から土が届いた。

「こちらでよろしいですか？」

土の入った甕《かめ》を工房の隅に下ろした宦官《かんがん》たちにそうたずねられ、長雲様は「うむ、そこでよい」とうなずいた。

「お前たち、ご苦労だったな。持ち場へ戻ってよいぞ」

「承知いたしました」

宦官たちはすぐに立ち去ったが、同じように用事はもう済んだはずの長雲様は、やはりいつも通り工房に残り、ふぅと息を吐きながらいつもの椅子に腰かける。

というか長雲様の「いつもの椅子」なんてなかったのだけれど、あまりに頻繁に来るから工房の椅子の一つが「いつもの椅子」になってしまったのだ。

最近、長雲様はおかしい。

餅茶を持ってきたあの日から、毎日のようにここへ顔を出すようになった。

最初は工房がもう荒らされないように見回りに来ているのかと思ったのだが、来る時には必ず書物を持参してくるし、その滞在時間が徐々に長くなっているように感じるのだ。

長雲様のことが嫌いな毛毛は「チッ、今日もかよ」と舌打ちして散歩に出かけてしまった。

しかしそんなことは微塵《みじん》も気にしない様子で長雲様は私にたずねる。

「この前貸したものは、もう読んだのか？」

「あ、いえ。まだ途中までで」

「面白いか？」

「はい、とても」

「そうか」

長雲様は書物を一旦机に置き、お茶をすすり始める。

「はあ、うまい。やはり香林茶は良いな」

「え、ええ」

私もお茶をする。

おいしいけど……。

「あの、長雲様」

「なんだ？」

「今日はどのくらい、ここにいらっしゃるのですか？」

「いや、特には決めていない。日が暮れるころに帰るよ」

「………………」

長いなあ。

日が暮れるまで、いるのかあ。

長いなあ。

「あの、申し訳ないんですけど」

「うん？」

伝奇小説の続きが読みたそうな長雲様が、少し面倒そうに顔を上げる。

やっぱりこの人、仕事をサボるためにここに来てないか……？

とはいえ、そうは言えない。

だが毎日こうも長居されたのでは、たまったものではない。

いくら他の人より話しやすいとはいえ、長雲様がいればそれなりに気を遣う。

私は思い切って正直な気持ちを伝えることにした。

「お茶を飲み終わったら、帰ってもらえませんか」

「……なぜ？」

「一人が、好きなので」

「…………」

長雲様は心底あきれたような顔で、私を見つめている。

「お前はだって、後宮で他に話し相手もいないんだろう？」

「まあいないといえば、いないですけど。毛毛と話せるし、ここにはおばあちゃんが作ったお人形もたくさんいるので、大丈夫です」

「俺のことも、人形だとでも思えばいい」

「そうは言っても、そうも思えませんので……。それに、お仕事やお役人様同士のお付き合いも、おありでしょう」

段々わかってきたことだが、どうやら李家というのは宮廷貴族の中でも良い家柄のようなのだ。そして長雲様は李家の長男であり、自然な流れでいけば李家の次期当主になられるお方らしい。

なのに必要最低限の宴会にしか出席せず、手柄をたてようという意欲も見せず、女にも遊びにも興味を示さずに死んだ目で坦々《たんたん》と仕事をこなしては姿を消すため、李家の若仙人というあだ名で呼ばれている……。

と、数日前に食堂で女官たちが噂話《うわさばなし》をしていた。長雲様は宮廷では相当な変わり者として知られている様子である。

「今の俺にとってはお前と後宮の治安を維持することが最重要任務なのだから、ここにいることはとても有意義なことなんだよ」

「そうでしょうか……。出世に影響されるのでは……」

「俺は出世には興味がない」

長雲様は暗い顔を一層暗くする。

「そ、それはまた、なんで……」

すると長雲様が書物を見つめたまま言った。

「俺には叔父がいたんだ」

「へ、へえ」

「とても優秀な人だった。俺が幼かった頃、叔父が俺に学問を教えてくれた。文官には上官のごきげんとりをして出世する者が多いが、叔父は違った。その能力を誰もが認めざるを得ず、文官の人事を取りまとめる吏部尚書にまで出世した」

長雲様の霊気が珍しく乱れている。あたたかな感情と人を憎む気持ちが入り混じる。

「長雲様は、その方がお好きだったのですね」

「そうだな。俺は叔父のことをこの世で最も尊敬していた」

「はい」

「だが、叔父は毒殺されたのだ。出世したことを妬まれて」

「…………」

長雲様の虚ろな瞳に、ほんの一瞬炎がともった。

「誰が叔父を毒殺したのかはほとんど明白だった。だが刑部《けいぶ》がいくら調べても証拠は出ず、その者は今も宮廷でそれなりの役職を得ている」

「そんな」

権力争いのために親類を殺され、それでも宮廷の狭い人間関係の中で生きていかなければならないなんて、想像を絶する辛《つら》さだ。

「俺は生まれてこのかた、宮廷でそんなことばかり起こるのを目にし続けてきた。だから正直に言って、特段出世しようとも考えていない」

「そう、ですか」

「ああ。能力の秀でたものは、ここでは潰されてしまうのだからな……。だが、俺はお前の能力が秀でていると知っていてここに招き入れたのだ。せめてお前がここで無事に過ごすことには、責任を持ちたい」

「それはどうも……ありがとうございます」

「礼を言われるようなことではない。俺の仕事だ」

そう答えると徐々に、長雲様から泉のように湧き出していた感情の霊気がスーッと薄まっていった。

そしてそのまま、伝奇小説を読むことに没頭し始めてしまったようだった。

――今私は、長雲様にとってすごく大切なお話を聞かせていただいたのだ。滅多に自分の気持ちを表に出さない、このお方から。

長雲様の横顔を見つめながら考える。

私は、人間と関わる練習をした方がいいと思う。浄眼を持っていたって、人と関わりながら生きていくことはできるだろう。

せめて長雲様とくらい、同じ部屋にいられるようにしたほうがいい。きっとそうだ。これは訓練なのだと思って頑張ろう。

私は自分にそう言い聞かせながら茶を飲み干し……ふと、猫のお面を外した。

外に出るときにはやむを得ずつけているが、作業中には邪魔になる。

それに殻を破って正直な自分の想《おも》いを語ってくださった長雲様の前で、自分ばかりお面で顔を隠して接するというのも、不誠実なことのように感じた。

「あれ、お前……」

私がお面を外したことに気づいた長雲様が、驚いて書物を床に落とした。

「大丈夫そうだと思って」

そう言いつつも、本当に大丈夫でいられる自分に、私自身が誰よりも驚いていたのだった。

# 第四章　兎児爺

朝晩の涼しさに夏の終わりを感じ始めていたある日のこと、また陛下からのお呼び出しがあった。

「はあ、どんなご依頼かな……」

着替えを済ませた私は工房の椅子に座り、毛毛《マオマオ》の背中をなで始めた。陛下は怖いお方ではないけれど、やっぱりお会いするとなれば緊張してしまう。外に出るまでに精神状態を整えなければ。

「だいじょーぶ鈴雨《りんう》、だいじょーぶだいじょーぶ」

私を落ち着かせるようにそう繰り返しながら、毛毛は気持ちよさそうに丸くなり、目を瞑《つぶ》った。

「すーはー、すーはー」

深呼吸して息を整える。

心をおだやかにー、おだやかにー。

「よしっ」

気合を入れ、猫のお面を被《かぶ》る。

緊張しすぎて手の小刻みな震えが止まらない。

「陛下、黄《こう》鈴雨を連れてまいりました」

長雲《ちょううん》様とタイミングを合わせ、私も膝をついて頭を床につける。

「面を上げよ」

おそるおそる顔を上げる。陛下は今日も広間の椅子に腰かけ、陽の霊気をまばゆいばかりに放っておられる。

――うっ。

やはり陛下の霊気は強い。普段霊気が特別に薄い長雲様とばかりお会いしているせいか、陛下の霊気が余計に強く感じる。

「鈴雨、先日の美女を模《かたど》った人形は素晴らしかった。襦裙《じゅくん》の柄も宮廷の伝統的なもので、精密に描かれていたな。阿福《アーフー》のような魂人形《たまにんぎょう》を作る能力にも驚かされたが、魂人形でなくともお前の作る人形はとても芸術的で味わい深い」

「あ……がとぅ、ござぃます」

小さな声でそう答え、再び頭を下げる。自分の作った人形を褒められた喜びに、思わず口元がゆるむ。特に、陛下が人形の襦裙の柄をお褒めくださったことが嬉《うれ》しい。倉庫にあったおばあちゃんの人形の衣服の柄を研究した甲斐《かい》があったというものだ。

「それでな、またお前に人形作りの依頼をしたいのだ」

「どのような人形になりますでしょうか」

物がうまく言えない私に代わり、長雲様がたずねる。

「うむ、今度はまた、魂人形を作ってほしい。余ではなく、蘭淑妃《らんしゅくひ》に」

「蘭淑妃様に、でございますか」

「そうだ。余が愛してやまない、可憐《かれん》で儚《はかな》げでちょっと天然な……あの蘭淑妃にな」

蘭淑妃様……。私がそのお妃《きさき》様について知っていることは、彼女が後宮の四夫人の中の一人であることくらいだ。位が高いのだから、家柄もよく陛下の寵愛《ちょうあい》を受けていらっしゃるお方なのだろう。

四夫人の妃は皆同じ正一品の位だが、その中にも一応序列があり、貴妃・淑妃・徳妃・賢妃の順となる。現在賢妃は空席だが、四夫人には他に張《ちょう》貴妃様と、あの魏徳妃《ぎとくひ》様がいる。淑妃様にだけ先に魂人形を作るとなると、他のお妃様との争いの元になったりはしないのだろうか。

「陛下、なぜ淑妃様に、なのでございましょう」

同じことを疑問に思ったのかそうたずねる長雲様に、陛下は答えた。

「実はな、ここだけの話だが、蘭淑妃は子を授かったようなのだ」

「なんと、そうでしたか……。陛下、この度はおめでとうございます」

「うむ」

嬉しそうににんまりと陛下が笑い、ビシビシと陽の気が飛ぶ。だが、すぐに不安を表す暗い霊気の靄《もや》が陛下を覆い始めた。

えっ、陛下でも陰の気を出すんだ……。

思わず呆気にとられ、目を丸くして陛下を見つめてしまった。

「実はのう、めでたいことにはめでたいのだが、なにせ今までの事件のことがある。蘭淑妃は神経質になり、夜も寝付けぬようなのだ。なにやら幻覚も見えるのだとか。毎日暗い顔をして、これでは呪いやら策略やらで殺されるよりも前に、寝不足で死んでしまいそうだ」

陛下は深いため息を漏らす。好きな女性の不調が、心底心配なのだろう。

「あれは本当に繊細なのだ。美しい容姿をしているのに自分に自信がなく、後宮へ来てからは泣いてばかりいた。それが徐々に周りの女官たちとも打ち解け、笑顔も見せるようになっていたというのに……。ああ、またあの天女のごとき微笑《ほほえ》みが見たいものだ。内気で優しくて、ちょっと不思議な淑妃……。良《い》い！　良いのう！」

陛下は深い愛情を示す霊気を放ち始めた。陛下は全ての霊気が強いので、こちらまで飲み込まれそうになる。

「なるほど……。とにかく、蘭淑妃様の心の不安をなくし、お守りするための人形が必要、ということなのですね？」

長雲様がたずねると、陛下はうなずいた。

「その通りだ。夜になると自分が襲われるのではないかと不安になり、寝付けないらしいから、まずはそこを改善してもらいたい。……まあどのような魂人形を作るべきなのかは、直接話して決めると良いだろう。夜眠れないのはかわいそうなのでな、至急とりかかってもらえるか」

「かしこまりました。ではさっそく、お話をうかがってまいります」

長雲様と私は頭を下げ、陛下の元を後にする。

蘭淑妃様って、一体どんなお方なんだろう。

いきなりこれからお会いするなんて、緊張してしまう。食堂で時たま耳にする噂話《うわさばなし》によれば、ここ後宮では上級妃に嫌われれば悲惨な未来しか待っていないようだ。ヘマをするわけにはいかない。

蘭淑妃様の住まう青龍宮は、緑の溢《あふ》れる美しい場所だった。広々とした庭には様々な木々や花が植えられ、庭には小鳥や蝶《ちょう》も集まってきている。後宮内とは思えないようなのどかな光景だ。蘭淑妃様の故郷が自然豊かな場所だったのでそのような庭にしたのだと、案内役の女官が教えてくれた。

「失礼いたします」

女官に通され、長雲様に続いて広間に入室する。するとそこには既に蘭淑妃様のお姿があった。お昼寝中だったのか長椅子に横になっていて、私たちが来たのを見てゆっくりと体を起こした。

ふわりと結った髪とほっそりとした体つきが印象的なお妃様。体調が万全でないからなのか、衣服や装飾品は魏徳妃様ほどの豪華さではない。だが淡い色調の襦裙や柳のようにしなやかな手足、長いまつ毛とけだるそうな表情がなんとも言えず美しく、思わず目が釘《くぎ》付《づ》けになってしまう。

だが寝不足のせいなのか、目の下にはうっすらとクマができている。

「淑妃様、例の人形師が来ましたよ。さああなた、こちらへ」

女官の一人が私を呼び寄せ、近くで挨拶をするように促してくる。

「こ、こう……んぅで……す」

名を名乗ろうにも、緊張で口が回らない。そんな私を眺めながら、蘭淑妃様は不思議そうに首をかしげる。

「猫の、お面……？」

「申し訳ございません。この者は極度に人を怖がる性質ゆえに、お面で顔を隠さねば人前に出られないのです。会話も、私が補助させていただきます」

長雲様がそう説明すると、蘭淑妃様は明るい顔をされた。

「あなた、人間が怖いのですね。それならお話が合いそうです」

「……ぇうっ？」

思わず小さく声を漏らした。私と、同じ……？

「というか、他人が人間を怖がっている様子を見るのって、とっても面白いものですね」

「は、はあ……」

クスクスクス、と口元を襦《じゅ》の袖で隠すようにしながら蘭淑妃様は笑いだした。そして笑いが止まらなくなってきたのか、身をよじらせながら肩を震わせ、お付きの女官たちが心配そうに彼女の体にそっと手を添えている。

その魂は優しげな色をしているが、感情の霊気は不安定で、色とりどりの霊気の波が湧き出しているのが見えた。

女官が出してくれたお茶を飲みながら、蘭淑妃様の話を聞く。妖艶な雰囲気ではあるものの、年の頃は私と同じくらいに見える。

「私、近いうちに殺されるんです」

もうすっかりあきらめた顔で、彼女はそう語る。なぜか安らかに微笑んでいるのが、逆に怖い。

「陛下は幻覚だっておっしゃるけれど、本当に見えたのです。真夜中に三人の武人が、庭の木の陰に立って、私の様子をじっと見ていたんです」

「陛下が、淑妃様は夜もお眠りになれないとおっしゃっていましたが」

長雲様がそう言うと、彼女はため息をもらした。

「ええ、そうです。だって自分がいつ殺されるかわからないんですもの。とてもじゃないけれど、怖くて眠れません」

「武官に毎晩見張りに来させればよいのでは？」

「武官に見張らせてもいますが、今のところ不審者は見つかっていないんです。私も武人が見えたのはあの一晩……それも一瞬だけ。もしかしたら、呪いの類なのかしら。それとも見張りの者たちも私を暗殺する者に協力しているのか……」

「それはないでしょう」

「あら、それはどうかしら」

蘭淑妃様は表情を暗くした。

「ここはそういう場所ですもの。宮廷では、子を授かった私を憎んでいる者の方が多いでしょう。私はなんの後ろ盾もない名ばかり貴族の娘です。誰もが、私とお腹《なか》の子など、死ねばいいと思っている……。うっ、ううっ、ぐすっ……」

さめざめと涙を流し始めた彼女に、お付きの女官が寄り添い、なぐさめる。

溢れ出した悲しみの霊気が室内に充満する。重たくて陰鬱な霊気の匂いが鼻に届き、私は胸が締め付けられるように痛んだ。

陛下の言う通り、蘭淑妃様は心の病かもしれない。

病を治し、呪いや厄災から彼女を守るには、どんな人形が最適だろうか。

「……兎児爺《トゥルイエ》を、おつくり、します」

とっさに私はそう口走っていた。

「兎児爺……。中秋節のお祭りで見かける、月のうさぎのお人形さんね。そういえばもうじき、中秋節だったかしら」

涙をぬぐいながら、彼女は顔を上げる。

「はい。う、うさぎの、お人形です。とぅ、兎児爺が、し、淑妃様、お守り、しま、す」

「そう……」

たったこれだけの説明ではなにもわからないだろうに、蘭淑妃様は私の顔を見て、少し嬉しそうにした。

「私とお腹の子を守るために、作ってくれるのね」

「は、はいっ」

一生懸命、そう答え、ぶんぶんうなずいた。

「ありがとうございます。楽しみにしています」

「は、い」

おどおどしながらそう答える私を、なぜか彼女が愛おしんでいることが、その霊気から伝わってくるのだった。

私はさっそく、兎児爺の魂人形づくりを始めた。

兎児爺とは、人間に化けた月のうさぎである。人々の病を治すために月からやって来て、様々な人間の姿に化け、夜な夜な人々を治療して回った。人々はうさぎに感謝し、兎児爺と呼ぶようになった。中秋節には月が一年で一番きれいに見えるため、この月のうさぎの人形が屋台に並ぶ。

兎児爺はうさぎの顔と人の体を持ち、人間に化けるために多種多様な服を着る。今回は最も一般的な、甲冑《かっちゅう》を着た兎児爺を作ることにする。兎児爺は夜に活動するし、病や厄災を払うからちょうどいいだろう。

蘭淑妃《しゅくひ》様は負の感情に支配されやすく、繊細なお方だ。兎児爺は知的で優しく、それでいて武人からも身を守ってくれそうな、ガタイのいい男性の体にしておこう。部屋に飾っておいても違和感のないように、大きめの壺《つぼ》くらいの大きさにして……。

土をこね、人形の形を作っていく。

キラキラと輝きを放つ命の粒がつながり、兎児爺になっていく。

「今日は特にやることがないのか？」

お茶と饅頭《まんじゅう》と書物を手に、長雲様がやって来た。

「人形を十分に乾燥させてから焼成するんです。あと何日かは、できることがありません」

私は猫のお面をつけずに長雲様を工房に迎え入れた。こうしてお面なしで長雲様とお話しすることにも、最近はどうにか慣れてきた。

「長雲様はまた伝奇小説をお読みに？」

すると長雲様は首を振った。

「いや、今日は資料を持ってきた。秘書省に頼んでおいたものをようやく用意してもらえたのだ」

「どんな資料です？」

「過去に起きた呪術関連の出来事が記された書物だ。これを見ると古い時代ほど呪術は当たり前のように用いられていたのがわかる」

「へえ……」

「何冊かあるから、お前も見るといい」

試しに一番古い時代のものを手に取ってみる。するとそこには金属で作られた金人、木で作られた木人、泥で作られた泥人、草で作られた草人など、様々な材質の人形たちが登場していた。そしてそれぞれ門番や案内人、武人などとして、まるで人間のように働き、人間とも会話している様子が記録されていた。

「昔はこんなことが当たり前にあったんですね……」

「そのようだな。以前の俺ならそうした記述は信じなかったが、今ならそういう事実があったのだろうと信じられる」

そして金人の記述を見て、ふと思い出す。

前に食堂で女官たちが、夜中に動き出す金人について話していたことがあった。蘭淑妃様が目にした武人というのは、その金人だったりはしないのだろうか。

「長雲様、飛龍園の金人の怪談というのはご存じですか？　前に女官たちが噂《うわさ》していたのを耳にしたのですが」

「ああ、そんな話もあったな……。俺も子供の頃に聞いたことがある。夜になると金人が動き出して悪人を成敗するんだろ」

「その金人さん、本当に動くんだったらどうします？」

「それは……ないと、今までの俺なら断言するところだが」

机の上で「すぴーすぴー」と気持ちよさげに寝息を立てている毛毛を見ながら長雲様は言った。

「念のため、見に行ってみよう。お前が見ると霊気やらを感じるのかもしれないからな」

「はい」

私は外に出るため、猫のお面を被《かぶ》った。

飛龍園は想像以上に広く、豪華な庭園だった。庭の真ん中には池があり、そこを歩いて渡れるように、龍の彫刻が施された白い橋がかかっている。その様子はまるで、水面に映った空を龍が昇っていくように見える。だから飛龍園と呼ぶのだろう。

「この橋を渡った先に建物があるだろう。あれは飛龍宮と言って、宴席や茶室としても使われる場所なのだ。飛龍宮には様々な美術品が展示されていて、その中の一つが噂の金人だ」

「行ってみましょう」

私たちは龍の橋を渡り、飛龍宮にたどり着いた。白い龍の橋がかかる庭園と調和するような白壁に、金色の屋根瓦。屋根の上には龍の飾りが取り付けられている。

金人はどこだろう、と思うまでもなく、飛龍宮の入り口にそれは立っていた。

「お、おっきい！」

金人とは、人を模《かたど》った金属製の像のことを指す。金人に使用される金属には様々なものがあるが、飛龍園の金人は全身が黄金色に輝いており、表面が厚く金で覆われているようだ。見上げるほどの大きさで、なにかの神仏の姿を表しているように見えた。なめらかで中性的な体つきで、奇妙なことに腕が四本ある。手足には異国情緒を感じる紋様が施されていて、頭飾りの装飾は驚くほど精密だ。

「二百年ほど前からあると言われているらしいが、一体どこのどういうものなのか、出所は不明なのだ。何の神なのかもわからぬ。交易によって得たものなのか、昔の戦の戦利品として得たものなのか」

「このように高度な金の加工技術は、龍星国《りゅうせいこく》にはありません。西域の国々には優れた金の加工技術があると聞きますから、おそらくそちらで作られた物かと」

「お前は金の加工にも詳しいのか？」

驚いてたずねる長雲様に、私は答える。

「金の加工というか、金人には興味がありまして。造形など、泥人形作りにも参考になる部分があるのではないかと、昔金人に関する書物を読んだことがあったのです」

こういった知識があるのも、全ては後宮からたくさんの書物を連天村《れんてん》に持ち帰ってくれたおばあちゃんのおかげである。

「なるほど。西域の国々というと、砂波国や羊国……」

「かつての虎国、今の虎州のあたりにも、加工技術は伝わってきていたかもしれませんね」

「ああ。二百年前と言えばちょうど龍星国が虎国との戦いに勝利し、虎国が龍星国の一部となった頃だな。ではおそらく、その時に虎国から得たものなのだろう」

大量の金を使用した立派な神仏像だから、きっとかつての虎国の人々にとっては国一番の宝物だったに違いない。それを取り上げてここにこうして祀《まつ》っているのだと考えると、なんとも残酷なことのようにも感じる。

「それで鈴雨、この金人からは霊気や呪いを感じるのか？」

「ええと……」

私はしばらく金人を見上げてから言った。

「何も感じ取れません。神仏像特有の厳《おごそ》かな魂の色は見えますが、呪いの力で動き出すようなことはないと思います。魂人形のように動くことも考えられません」

「そうか。ならば金人については解決したな」

「ですね。というか仮に動いたとしても、こんな大きなものが動いたらすぐに見つかっちゃいますね」

「確かにその通りだ」

やはり噂は噂だったか、と思いながら私は金人の元を後にする。

最後に一度だけ振り向いてみると、金人はどこか物悲しそうな顔で宙を見つめていた。

それはまるで、人間の愚かさを憂いているようでもあった。

人形作りに集中していると、現実から頭が切り離される。

特に魂人形を作る時には霊気の世界と向き合うから、まるで自分の体がなくなって、意識だけが宙に浮かんでいるような感覚になる。それが心地よい。

霊気とは、常人には見えないもう一つの宇宙の姿なのだと、昔おばあちゃんが言っていた。

往古来今これ宙という、四方上下これ宇という。

昔読んだ書物にそう書かれていた。宇宙とは、この世の全てを指す。そこには人間の目に見えないものも確かに存在していて、この世に影響を及ぼしている。

魂人形を作るために霊気の宇宙に意識をゆだねると、私が生み出すべきものの姿が見えてくる。

絵筆の先に塗料を乗せ、すっと筆を走らせる。

「これで完成」

最後の一筆を描き、兎児爺が完成した。

するとさっそく、兎児爺が動き出す。

「おはよう、兎児爺。ちょうど中秋節に間に合って、よかったわ」

私がそう声をかけると、兎児爺はかしこまってお辞儀をした。

「こんにちは、鈴雨さん。さっそくですが、私を必要としているお妃様《きさき》はどちらにいらっしゃいますか？　どうかその方の元へすぐに私を案内してください。今こうしている間にも、彼女は自分が殺されるかもしれないという恐怖に怯《おび》え続けているのですから」

兎児爺の背筋はピンと伸び、その身振り手振りはとても上品だ。

魂人形は生まれたときから、自らに込められた祈りを知っている。

祈りは強力な霊気を持っている。その霊気が土にこもる霊気の粒を引き寄せ、魂人形を一つの命にする。

「あなたなら、武人からも呪いからも、お妃様を守れる？」

たずねると、兎児爺は手で胸を叩《たた》いてみせながら言った。

「もちろんでございますよ。必ずやお妃様を守り抜いてみせましょう」

私たちはすぐに、青龍宮へと向かった。

庭の様子もすっかり秋めいて、金木犀《きんもくせい》の花が咲き、甘い香りがあたりに立ち込めている。

広間では蘭淑妃様と女官たちが、私たちと兎児爺を待っていた。

「こちらが完成した兎児爺でございます」

長雲様がそう言うと、兎児爺は自身を覆っていた薄絹を、蘭淑妃《しゅくひ》様の目の前でふわりと取り払う。

「まあ、素敵なうさぎさんですね。それに本当に生きている。……すごいです」

目を細めて蘭淑妃様は兎児爺を見つめる。すると兎児爺は微笑《ほほえ》み、挨拶をした。

「お初にお目にかかります。兎児爺でございます。……もしよろしければ、今こちらで演武を披露させていただいてもよろしいでしょうか」

「ええ、もちろんです」

蘭淑妃様がそう答えると、兎児爺は広間の中央に移動し、演武を始めた。

時には「ハッ！」と気迫のこもった声をあげながら、武術の形を披露していく。

そして演武の終わりには、蘭淑妃様の足元に跪《ひざまず》いて言った。

「私は蘭淑妃様をお守りするために、この世に生を受けました。この身に宿る霊力も武術も、全て蘭淑妃様のものです」

「まあ……」

蘭淑妃様は頬を染める。

お付きの女官たちも感嘆の声を漏らす。

「すごいわね！」

「なんてかっこいいの」

「この上なく頼もしくて愛らしい……」

蘭淑妃様は兎児爺を見つめながら言った。

「とても……素晴らしいわ。お顔は白うさぎなのに、体つきはまるで武官のように筋肉質でがっちりとして、動きは俊敏で……それでいて、知性を感じさせる話し方ですね」

蘭淑妃様からも女官たちからも、恋のときめきに似た霊気が湧き出している。

どうやら気に入っていただけたようではあるが、少々好かれすぎている気もする。大丈夫だろうか。

「鈴雨、これで安心できそうです」

蘭淑妃様はほっとしたように笑みを浮かべている。

「そ、それは、よかった、です」

正直、どうにか蘭淑妃様をお守りしたい一心で筋骨隆々とさせすぎてしまったので、気に入っていただけるか心配だったのだ。

「あなたが私を思って作ってくれたのが、伝わってきました。こんな私のために……ありがとうございます……。ううっ……」

そう言うと彼女はほろりと涙をこぼし、鼻を啜《すす》り始めた。私は「あぇ、いえ、そんな、えへ」と意味のない言葉を発しながら頭を掻《か》く。こんな自分が嫌になってしまうが、彼女にとってはそうした私の様子が好ましいものであるらしく、愛情を示す霊気を漂わせている。

「鈴雨、これからはいつでも、この青龍宮の茶室に遊びに来てくださいね」

「そ、そんな、まさか、いえ……」

「冗談ではなく、本気ですよ。私はあなたと仲良しさんになりたいのです」

にっこりと蘭淑妃様が微笑み、思わず背筋が寒くなる。

「え、あの、な、なんで……」

驚く私に彼女は言った。

「私、人とうまく関われない方とお友達になりたかったんです。だって、みんな上手にニコニコ笑って当たり障りのない会話をできるだなんて、私には絶対におかしいとしか思えないんです。そうは思いませんか？」

「は、はあ」

「でも世の中の人たちは皆、当たり前のように適切な距離感の人間関係を構築していきますよね。私には、当然のようにそうしているほうが異常に思えるんです。みんながみんな、そうできるなんて、おかしいですよね？」

「わ、わかります」

思わずそう口走った。私も今まで、どうして人々はなんでもないことのように人とうまく関わることができるのか、不思議で仕方なかったのだ。人から見れば私の方が異常なのだろうが、私にとっては私が普通だから、私には人々のほうが異常に見える。

「とっても、わかります！」

再びそう叫んだ私を見た蘭淑妃様から、喜びや未来への期待感を表す明るい霊気が泉のように湧き出した。

「あなたなら、わかってくれると思いました！」

蘭淑妃様は私の両手を包み込むように握りしめ、顔を近づける。

「鈴雨、本当に、いつでも来てくださいね。包子《パオズ》でも果物でも、食べたいものがあればすぐに宦官《かんがん》に頼んで用意させますから」

「ええ、でも……」

「もし来てくれなかったら、とっても悲しいです。あなたが来てくれる日を、私ずっと、ずっと、ずっと、待っていますからね。まずは数日中に必ず一度は訪れると、約束してくれますか？」

穏やかに微笑みながらも、蘭淑妃様からは力強い意志を示す霊気が放たれている。

あ、断れない。

「は、はい」

「絶対に絶対に絶対にですよ？」

「わ、わかりました。そう、します」

だが私にとっても、たくさんの女官や宮妓《きゅうぎ》の集まる食堂へ行くよりは、蘭淑妃様と一緒に茶室で好きなものを食べられるほうが気が楽だ。単純に人数が少ない場所のほうが霊気の数も少ないから楽というのもあるが、蘭淑妃様の性質もあって気楽に過ごせる気がする。

なにせ相手も変な人なので、自分の異質さをあまり気にせずに済む。

「後宮でやっと、初めてのお友達ができました」

にっこりと、蘭淑妃が微笑んだ。

「あは、は……」

――お友達。

初めてそんなこと、言われた気がする。それをまさか、後宮のお妃様から言われることになるなんて、思いもしなかった。

青龍宮から出て、長雲様と歩きながら話す。

「蘭淑妃様は兎児爺をすっかり気に入られたようだった。それとお前のことも。よかったな」

「まあ、そうですね」

「だがお前、お茶に来いと誘われてしまっていたな。大丈夫か？」

「え、まあ。女官たちがゴロゴロ集う食堂へ行くよりは、マシかと」

「そうなのか？　淑妃様はきっと、食事をとりながらお前と話がしたいのだろう。しかしどうやって話すのだ？」

「ああ……」

確かに。私だって蘭淑妃様ともっとお話ししてみたい気もするが、まだしばらくは緊張でほとんど何も話せないだろう。

「お前、字が読めたな。書くこともできるのだったか？」

「はい、書けますが」

「なら、筆談をしたらどうだ」

「あっ……」

その手があったかと、今更ながらに気づかされる。

「でも、紙がないと」

紙は高級品だ。口で話す代わりに軽々しく字を書き連ねられるような金額のものではない。

「淑妃様との会話に必要なものなのだから、俺が用意する。仕事する上でもお前にとって必要なものになるだろう」

「ありがとうございます」

紙があれば、もっと普通に話せそう。

そう思うと、少し希望が湧いてくる。


数日後、約束通り私は青龍宮を訪れた。

「鈴雨、来てくれて嬉《うれ》しいです。おいしいものをたくさん用意しておいたんですよ」

「そ、それは、どうも……」

笑顔で出迎えてくださった蘭淑妃様の顔色が、前回お会いした時よりもよくなっていることに私はすぐに気づいた。それに目の下のクマもなくなっている。

「あの、眠れて、ますか？」

そうたずねると、蘭淑妃様は「ええ」とうなずいた。

「兎児爺が来てくれてからは、安心して眠れるようになりました。夜も枕元でずっと見張ってくれていますから」

「それは、よかったです」

「鈴雨のおかげです。眠れるようになってから体力も回復しましたし、最近はつわりも収まってきて、ご飯も普通に食べられるようになったんです。さあ、今日はたくさん食べましょう！　鈴雨は霊山州《れいざんしゅう》の出身だというから、霊山州から菓子や果物を取り寄せてあるんですよ。さっそく茶室へ向かいましょう」

そう話す蘭淑妃様は、以前とは見違えるほどに元気になられたように見えた。

茶室に通され、席に着いた私はさっそく長雲様からいただいた紙を取り出し、そこに細い筆で字を書いた。

「あの、これ」

「それは……？」

私が広げて見せた紙を、蘭淑妃様が見つめる。

【私は口で話すのは苦手ですが、文字でなら話せます】

「あら。これなら、たくさんお話ができそうですね」

私はまた、筆をとる。

【霊山州の食べ物を取り寄せていただき、ありがとうございます。なつかしい食べ物ばかりです】

「喜んでもらえたならよかったです。実は私、霊山州の隣の北州《ほくしゅう》の出身なんです。だからこういう田舎っぽい素朴なお菓子は大好きで」

【北州のご出身だったのですね。北州では石像作りが盛んだと、祖母から聞いたことがあります】

「あら、よく知っているのね。確かに地元の廟《びょう》には石像がたくさん並んでいました。北洲には岩山が多いから、原料の石が手に入りやすいんでしょう」

すごい。人と話せている。

楽しい。

私、緊張して話せないだけで、本当はこうして気の合いそうな人と気軽に話してみたかったのかもしれない。

自分が伝えたいことを相手に伝えられるって、こんなに嬉しいことだったんだ。

「鈴雨、とても楽しそうです」

霊気は見えないはずなのに、蘭淑妃《しゅくひ》様は驚いた顔でそう言った。

【とても、楽しいですよ】

筆と紙さえあれば、今まであきらめていた色んなことを、あきらめずに済みそうだ。


それから程なくして、とある日の晩、私は悪夢にうなされた。

目の前には、短剣を手にした三人の武人たち。

どういうわけか、夢の中の私は蘭淑妃様の居室にいる。

「きゃあああ！　誰かっ！」

背後から蘭淑妃様の悲鳴が響き、私の体は勝手に動き出す。

部屋の隅に立てかけてあった槍《やり》を手に持ち、武人たち三人を相手取る。

「エイッ！　ヤアッ！」

体の芯から力がみなぎり、自分でも信じられないくらいの怪力で、武人たちに槍を振り回す。

すると背後の蘭淑妃様が飾り棚に置いてあった花瓶を手に取り、武人たちに投げつけた。

おそらく一人で戦う私に加勢してくださったのだろう。

投げられた花瓶からは水が飛び散り、三人の武人たちにかかった。

すると武人たちがみるみるうちに溶けて小さくなっていき、しまいにはただの濡《ぬ》れた人形の紙切れになった。人が溶けていくその様子は、とても不気味で怖かった。

「いやあああああああああ」

蘭淑妃様は悲鳴をあげながらぺたりと床に座り込む。恐怖で腰が抜けてしまったらしい。

私は彼女の肩を抱く。

ああ、なんとか落ち着かせてさしあげなければ。このお方の心は硝子《ガラス》のようにもろく、繊細でいらっしゃるのだから……。


――はっ⁉


そこで私の目が覚めた。

夢の中で武人と闘ったせいか、全身汗でびしょ濡れになっている。

「今の、夢は……」

「鈴雨、どうかしたの？」

突然起き上がった私の元に、毛毛が駆け寄ってきてくれた。

「うん、あの……」

胸騒ぎがする。

きっと私は夢の中で兎児爺の感覚を体感していた。

過去にも、こんな感覚を味わったことがあった。昔連天村で、私の作った老虎《ラオフー》が村人たちの手によって谷底に落とされ、殺された時だ。

あの時も私は、殺された虎と感覚を共有したのだ。村人たちに罵られながら無数の木の棒で押され、谷に落ちた。あの谷から落ちる時の足がすくむような感覚まで味わった。

魂人形を作る人形師は、作った人形が強烈な体験をしたときにその感覚を共有することがあるのだと、昔おばあちゃんが話していたことがある。

「今の、きっと感覚を共有してたんだ」

蘭淑妃様と兎児爺は無事だろうか？

翌朝、青龍宮へ向かおうと支度をしていると、長雲様が工房へやって来た。

「早い時間にすまないな」

「あ……長雲様。おはようございます」

「実は昨夜、事件があってな」

「蘭淑妃様は無事ですか？」

たずねると、長雲様は怪訝《けげん》な顔で言った。

「なぜ、蘭淑妃様のことだとわかる」

「私と魂人形には、霊気のつながりがあるのです……。昨夜、よくない夢を見たもので」

「そうか。どんな夢だったのだ」

「蘭淑妃様が武人に襲われ、兎児爺がそれと戦った夢でした。でもその後どうなったのかがよくわからなくて、気がかりで……」

「なるほど」

長雲様はうなずきながら、工房の椅子に腰を下ろした。

「蘭淑妃様は、無事だよ。だが別の一人の妃《きさき》と、二人の女官が亡くなったようだ」

「えっ？」

蘭淑妃様でも兎児爺でも武人でもなく、別のお妃様と女官が？

「どうしてですか？」

「それが、わからないのだ。三人とも外傷はなく、眠るように亡くなっていたと聞いた。だが三人で儀式をしたような形跡があり、三人ともその場所に倒れていたそうだ。呪術でも行っていたのかもしれない」

「呪術を……」

「そして昨夜は青龍宮にも侵入者があったようだ。蘭淑妃様の叫び声がして女官たちが中に入ると、部屋の物が乱れ、花瓶が倒れて床が水浸しになっていたそうだ。兎児爺に事情を聞くと、三人の武人が短刀を手に侵入したが、蘭淑妃様の投げた花瓶の水が当たると、みな溶けてただの紙人形になってしまったと語った。床には確かに三本の短刀と、濡れて溶けかけた三つの紙人形が落ちていた」

「それって」

「二つの事件には、関係があるのかもしれないな」

冷めた顔で、長雲様はそう言った。

その後刑部《けいぶ》の調べが進み、事件の詳細がわかってきた。亡くなったのは正二品の妃、孟《もう》昭儀《しょうぎ》様と、そのお付きの女官二人だった。孟昭儀様は東州の財力のある商家の出身で負けん気が強く、自分が四夫人に選ばれなかったのはおかしいと、いつも周りの者たちに息巻いていたのだという。

そして蘭淑妃様の居室に転がっていた短刀が、東州のものであるとわかった。短刀の木製の柄の部分に細かい紋様が施されており、それは東州の伝統的な彫刻だったのだ。

「呪術に詳しい礼部が儀式を行った形跡のある場所を確認したところ、自分の魂を別の物に乗り移らせる類の儀式が行われたことがわかったそうだ。つまり孟昭儀様と二人の女官が呪術で紙人形に乗り移り、蘭淑妃様の暗殺を企てたのだろう」

「でも紙人形が濡れ溶けたことで、逆に自分たちが命を落とすことになったわけですね」

「そういうことになる」

昔、祖母から借りて読んだ呪術の本に書かれていた。自らの魂を乗り移らせた形代が魂の器として機能しなくなった時には、すみやかに自らの体内に魂を呼び戻さなければならない。そうでなければ魂は行き先をなくし、天に昇ってしまう。

「では、以前蘭淑妃様が目にしたという武人も、その三人だったのでしょうか」

「おそらくそうだろう。青龍宮に侵入して下調べをしていたのかもしれない。もしくはその晩にでも実行しようと考えていたが、まだ淑妃様がご就寝なさっていなかったのを見て、あきらめたのか」

「なるほど」

蘭淑妃様は兎児爺が来るまではずっと不眠の症状が続いていた。だがこのところは安定して夜眠れるようになっていたので、その寝込みを襲ったということかもしれない。

「……そうすると、今回の事件も今までの事件も、主犯は亡くなった孟昭儀様だったということなのでしょうか？」

「そこに多少、疑問が残るのだ。孟家は巫術《ふじゅつ》の家系ではない。礼部の官吏の一人が、この呪術は高度な能力を持つ呪術師でなければ執り行えないと話していた。しかしそうした能力のある呪術師であれば、紙人形が濡れただけで命を落としてしまうというのは、まずあり得ないことらしい」

「では、呪術の面で別の協力者がいたことも考えられるわけですね」

「そういうことだ。宮廷内に呪術師がいて、なんらかの助言をしたのかもしれない。その助言を聞いて狙い通りにいく者もいれば、逆に自らの命を落とす者もいる。そして助言をした者にとっては命を狙われる者、狙う者、そのどちらが死んでもかまわなかったのかもしれない」

「どちらが死んでもかまわないなんてこと、あるんでしょうか」

「これはまだ限られた者しか知らぬことだが、どうやら孟昭儀様にもご懐妊の兆候があったらしい」

「ええっ!?」

驚いた拍子に思わず少し大きな声を出してしまい、慌てて口元を押さえる。

「孟昭儀様はご自身のお腹《なか》の子を陛下の一人目の子にしたいと、焦ったのだろう。そして呪術を教えた者は、その事情も当然知っていただろう」

「なんて酷《ひど》い……」

もちろん、そもそも自分の都合のために誰かを殺そうなどと企《たくら》むこと自体が悪《あ》しきことだ。でも人の心の闇に取り入って、人を殺《あや》める呪術を教え、その呪術を実行した人が命を落とすように仕組むだなんて……。もし本当にそうなのだとしたら、あまりにも惨《むご》い話だ。

「刑部は、呪術が高値で売られた可能性もあるとみているようだ。後宮内で妃嬪《ひひん》の願いを叶《かな》える呪術を売れば、相当な金儲《かねもう》けになるだろうしな」

「人殺しに加担した上にお金儲けですか」

そんな恐ろしいことが、とも思うが、陛下のお世継ぎを産み皇后となれるかどうかで、その妃の一族全体の未来が変わってくるのだ。どんな高値でも呪術を買い、皇后の座を手に入れたいと考える妃がいてもおかしくない。

そういえば……と、前に食堂で聞いた孟昭儀様の噂話《うわさばなし》が脳裏をよぎる。

確か、装飾品を後宮内で妃たちに売り回っていた、という話だった。

「金の動きについて刑部が調べ始めている」

「早く真相が解明されるといいですけどね……」

「まあ、もし金目当ての呪術売買が行われていたのだとしても、しばらくはそうしたことはなくなるだろう。なにせ呪術を使った者が命を落としたのだ。それでも呪術を買おうという気になる者は、なかなかいない」

「言われてみれば、そうですね」

その後私は身支度を整え、青龍宮へ向かった。ご無事だったとはいえ、蘭淑《しゅくひ》妃様はとても怖い思いをされたのだ。私に良くしてくださっていたし、せめて心配していることだけでもお伝えしたかった。

青龍宮へ行くと、戸惑いながらも女官が茶室へと通してくれ、ここで待機するようにと言われた。そして程なくして、蘭淑妃様がやって来た。

「ら、蘭淑妃、さ、ま……」

「……鈴雨」

衣服も髪も乱れた蘭淑妃様はつい先ほどまで泣いていたのか、目元が赤く腫れている。その霊気からは罪悪感が溢《あふ》れ出《だ》していた。

「兎児爺のおかげで命拾いしました。一言、お礼を言いたくて……」

力のない声でそう言った。蘭淑妃は安堵《あんど》している様子などなく、むしろ眉をひそめて何かに苦しんでいるような顔をしていた。

「いえ……あの……」

なんと言えばいいのかと考えているうちに、蘭淑妃様はお付きの女官たちに告げた。

「やはりもう駄目です。下がります」

「かしこまりました」

女官たちに連れられ、蘭淑妃様は下がっていく。

私は紙に走り書きして、部屋に残った一人の女官にたずねた。

【蘭淑妃様はお加減が悪いのですか？】

すると女官は答えた。

「はい。淑妃様は、ご自身の手で三人の人間の命を奪ってしまったことを、気に病んでいらっしゃるのです」

「そ、そんな……」

確かに花瓶の水で濡《ぬ》れたことで三人は命を落としたけれど、実質的には彼女たちは手に負えない高度な呪術に殺されたようなものだ。

奥の部屋から、蘭淑妃様の泣き叫ぶ声と、それをなぐさめる兎児爺や女官たちの声が聞こえてくる。

「鈴雨さん、この通りですので……。どうかまた落ち着いた頃に、いらっしゃってくださいね。兎児爺のおかげで蘭淑妃様の命が助かったことには、ここの女官たちは皆感謝しておりますから」

「は、はい」

私は女官に見送られ、青龍宮を去った。

私は蘭淑妃様を守れたと、言えるのだろうか。

これから一体どうすれば、少しでも彼女の心を救えるのだろうか。

# 第五章　噂話と過去の事件

蘭《らん》淑妃様が襲われた事件からひと月が経《た》った。秋もすっかり深まり、後宮内では落ち葉の掃除をする女官たちの姿をよく見かけるようになった。北方の山奥にある連天《れんてん》村ほどの寒さではないものの、栄安《えいあん》も冬が近づけばそれなりに冷え込む。いただいている俸禄《ほうろく》で、私は綿入りの上衣を手に入れた。ちょっと重たいけど、ふかふかで温かい。

私はあの後、まだ蘭淑妃様にはお会いできていない。幾度か青龍宮にうかがってみたが、女官から「まだお会いできる状況ではないので」と説明され、青龍宮に入ることもできない。

長雲《ちょううん》様が言うには、あれから蘭淑妃様は行事にも出席されていないそうだ。

今は陛下からのご注文もなく、私はただただ、おばあちゃんの残した人形の修繕作業を進めている。

連天にいた頃は人となじめなくても工房で人形さえ作っていればそれで幸せだったが、今は人形を見つめていても少し気分が重い。

兎児爺《トゥルイエ》は蘭淑妃様の命を救ってくれた。でも結果的に蘭淑妃様は心に傷を負ってひきこもっている。

それが誰のせいかと言えば、もちろん悪しき呪術を行った者のせいだ。だが蘭淑妃様を笑顔にしたくて人形を作ったのに、そうはできなかったのだということが、頭から離れない。


「ちょっとあんた！」

食堂のすみっこで一人で食事をしていたら、声をかけられた。

「は、はい？」

顔を上げると、そこには見知らぬ女が一人、立っていた。がっしりとして肉付きが良く、声質も太くて霊気も力強い。

「あんたが麗冰《れいひょう》を懲らしめてくれたっていう人形師だろう？」

「…………」

確かに、私の工房を荒らした宮妓《きゅうぎ》たちは皆、減給の処罰を受けたようだった。当初宮妓たちはしらばっくれていたが、長雲様が様々な人から証言を集め、犯人を特定したのだ。

給料を減らされることになり、麗冰の取り巻きみたいにひっついていた宮妓たちは逆に麗冰を恨むようになった。

　今では麗冰は食事を取るのも一人だし、舞の仕事仲間たちからも相手にされていないようである。

「あんたのおかげで胸がスッとしたよ。私は尚服局の女官で、時々宮妓の衣装を縫う仕事もしてんだけど、麗冰がいっつも衣装に難癖をつけてきていたのさ。もう当分は生意気も言えないだろうけどね」

「そう、ですか……」

　面倒なことに巻き込まれたくないし、あまり関わりたくないなあ、と強く思ったが、その思いは全く彼女に伝わらないようで、彼女は私の隣の席にどっしり腰を下ろしてしまった。

「私は静華《せいか》ってんだ。ほら、骨付き肉を一つやるよ」

　ふくよかな静華さんは、ぽおんと私のおかずの皿に骨付き肉を一つ投げ入れてくれた。

「え……。あ、ありが……とぅござ……」

　お礼も言い終わらないうちに静華さんは言った。

「礼を言うのはこっちのほうさ！」

　……静かそうな名前なのに、とても声が大きい。

「あら静華、今日は猫面《ねこめん》ちゃんと一緒に食べんの？」

庶民的な下級女官たちがぞろぞろと集まってくる。

「ね、猫面、ちゃ、ん？」

思わず聞き返すと、彼女たちが口々に言う。

「だっていつも猫のお面しててんじゃんね」

「それだけ目立ってればあだ名くらいつくよお」

「そう、ですか……」

わあ、いつの間にか女官たちに囲まれてしまってる……。

だがこの人たちならきっと情報通に違いない。後宮のことで気になることがあったら、今がそれをたずねる絶好の機会だ。

どうせ一緒に食事しなければならないのだし、頑張って質問してみよう。

私は勇気を出し、静華さんにたずねる。

「あ、あの、もしし、し、知っていたら……」

「ん？　なんだい？」

「れ、麗氷の、悪い噂《うわさ》って、し、知ってます？」

それは私が後宮へ来たばかりのころに食堂で耳にした噂話だった。その時はどうとも思っていなかったが、後になって実際の麗冰に絡まれたこともあり、気になっていた。

「ああ、あの有名な話？　あんた知らないの？」

そんな話を知らない奴が後宮にいたんだ、みたいな驚いた顔で静華さんは私を見た。

「あの、わ、わたし、後宮の話題に、う、うとくて」

へへっとぎこちなく笑ってみせる。

「あんた、全然笑えてないよ！　まあいいや、噂ってのはね」

静華さんは私に顔を近づけ、神妙な面持ちになり、わずかに声を潜めた。

「麗冰は虎州が仕込んだ呪術師だっていう噂さ。あれは虎州の伝統的な舞を踊るんだが、それが呪術らしいんだよ」

「え、呪術、ですか。な、なんで」

この話はみんな好きな話だったようで、他の女官たちもひそひそと語り出した。

「虎州は元々虎国という一つの国だったんだけど、二百年前の戦で龍星国《りゅうせいこく》に負けてから、龍星国の一部になったんだ」

「その時の恨みを持っている人が、虎州にはまだたくさんいるんだってさ。今も龍星国の皇族の血を絶やしてやろうともくろんでいるんだとか」

「あんた、巫術《ふじゅつ》の類には詳しそうじゃないか。舞でもそういうのがあるんだろ？」

静華さんにそうたずねられ、こくりとうなずく。

「あるには、あるか、と」

舞によって豊作や子授けの祈願をしたり、鬼祓《はら》いをしたりといったことは、大昔からごく一般的に行われていることだ。特に舞に詳しいわけではないが、舞で霊気を操ることへの想像がつかないわけでもない。

「あたしはどうもおかしいと思ってたんだよ。いくら容姿がいいからって、身分の低い虎州の宮妓を陛下がお好きになるわけがない。どうせその怪しい舞の力さ」

静華さんはそう言うが、私には陛下が麗冰の身分も気にせず即座に気に入る様子が目に見えるようだ。麗冰の吊り上がった瞳と引き締まった長い脚、良《い》いのう！　のう！　と脳内陛下が騒ぎ立てている。

「先帝が短命だったのだって、先帝が虎州の舞を好まれていたことが関係しているんじゃないかって話だよ」

「先々代の時の呪術騒ぎだって、本当は虎州の謀反だったのに、事を荒立てないために魏《ぎ》家が罪を被《かぶ》ったって噂まである」

先々代の時の呪術騒ぎと言ったら、おばあちゃんが魂人形《たまにんぎょう》を使って解決したあの事件のことだ。犯人は当時の魏家のお妃様だったのだと、前に長雲様から話を聞いたことがある。

「え、魏、魏家が、罪を被った、ですか？」

「そうだよ。本当は虎州の仕業だったが、虎州がやったとなればまた戦にでもなりかねない。そこで一度は魏家が罪を被って宮廷から追放された。だが本当は罪を犯してはいなかったから、また宮廷に戻されたんだって話さ」

「ええ……」

他の女官たちも身を乗り出して話に相槌《あいづち》を打つ。

「でなきゃ、宮廷から追放された者がそんなにすぐに許されるわけがない」

「大体魏徳妃《とくひ》様を見ていれば、魏家は高潔な一族だってわかるわよ！」

「魏徳妃様と麗冰じゃあ、どちらがどんな性質の者なのか、一目瞭然だものね」

「悪いやつは飛龍宮の金人が懲らしめてくれたらいいのにねえ」

なかなかに物騒な話をしているにもかかわらず、あははと女官たちは大笑いしながら楽しげにご飯を搔《か》っ込んでいる。

こ、この人たちとはやはり相容《あいい》れない……。

でも普段は聞けない噂《うわさばなし》話を聞くことができた。

私は食事を終えるとすぐに工房に駆け込んだ。

「うぇっ。うぷ」

気持ちが悪い……。

間近で嫉妬や侮蔑の霊気を浴びたものだから、具合が悪くなってきた。

「鈴雨《りんう》、大丈夫？」

頬を摺《す》り寄せてくる毛毛《マオマオ》の背中をなでて、気分を落ち着かせる。

「……大丈夫。それより、長雲様に確認したいことがあるの」

「わかった、僕があいつを呼んできてやるよ」

「えっ、毛毛が？」

たずねると毛毛は自慢げに胸を張った。

「最近は栄安城の中をあちこちお散歩して、道も覚えたしね。あのクソ野郎を呼んでくることぐらい、僕には簡単にできちゃうよ」

毛毛のおかげで、少し横になって休んでいるうち、すぐに長雲様がやって来た。

「お前からの呼び出しなんて、初めてだな」

「ええ」

まだ具合が良くなったわけでもなかったが、私はよろよろ身を起こし、たずねる。

「長雲様、昔おばあちゃんが解決したという呪術事件について、教えていただけませんか？」

するとう長雲様は微《かす》かに口角を上げて言った。

「実は俺も、最近その呪術事件について調べていた。今日はその当時の資料でも読みながらここで茶を飲もうかと思って、持ってきたのだ」

「……それがその資料ですか？」

長雲様が机に置いた、数冊の書物を指さす。

「ああ、そうだ。お前も見るといい」

「は、はい」

「……顔色が悪いな。お前はよく吐き気を催すようだから、今日は陳皮を持ってきたのだ。これを茶と一緒に煮込んだものを飲めば、きっと体調が良くなるだろう」

相変わらずの死んだ目のまま、長雲様が言う。ほんのりとだけ、人を思いやる霊気が発せられている。

「それは、どうも」

長雲様が火にかけた薬缶《やかん》から、若草のような青々しい茶の香りと柑橘《かんきつ》の爽やかな香りがふわりと広がる。その香りに触れただけでも、段々吐き気が収まってきた。

「そういえば、毛毛は一緒に来なかったんですか」

長雲様を呼びに行ってくれた毛毛がまだ戻ってこないのを不思議に思ってそうたずねると、長雲様は少し気分を害されたのか、やや不機嫌な霊気を放ちながら言った。

「あれは俺がいる場所にはいたくないから、しばらく散歩してくるそうだよ」


長雲様が淹《い》れてくださった茶をすすり、資料に目を通す。

今から五十年近く前に、先々代の皇帝が即位した。その後、後宮では皇后の座を狙う妃たちの諍《いさか》いが激しくなり、ついには互いに質の悪い呪術を用いて呪い合うような事態になった。そうした治安の悪化した後宮に呼ばれたのが、連天村の人形師、黄水漣《こうすいれん》だった。黄水漣は次々に呪術の元を暴き、妃たちを救い、妃たちの心を一つにした。

「おばあちゃん、やっぱりすごい人だったんですね」

「そのようだな」

そして妃たちが用いた呪術は当時の魏家の妃、魏修媛《しゅうえん》が妃たちに教えて回ったものだったことがわかった。魏修媛の罪により、魏家は一族もろとも宮廷から追放されることになった。

「長雲様、魏家は代々巫術の家系なのですよね」

魏徳妃様の浄眼を思い出す。

「ああ、そうだよ。古くから龍星国の祭祀《さいし》に関わることは魏家が仕切ってきたらしい。今も祭祀に関わる礼部の仕事は、魏家の官吏が担当しているよ。礼部尚書も魏徳妃様のお父上だ」

「こんな大事件を起こして一度は追放されたのに、すぐに宮廷に戻れるものなのですね」

「魏家はお体の弱かった先帝のために、霊気を宿した宝玉を贈ったり、毎日祈禱《きとう》を行ったり献身的に尽くしたのだ。その結果、一時先帝はご体調を持ち直された。その功績が認められて魏家は宮廷に戻ることを許され、魏徳妃様が後宮に入られた。そしてその後お亡くなりになった先帝のご遺志により、魏徳妃様は短期間だけ出家され、修行をして経典を授けられるとすぐ後宮に戻り、現帝にお仕えする妃となった」

「長雲様は、魏家が宮廷内で呪術の売買をしていると思われますか？」

単刀直入にそうたずねる。

「その可能性もあるだろう。だが魏家はようやくかつての地位を取り戻したのだから、今の状況を守りたいと考えているはずだ。かつて宮廷から追放された時には相当貧しい暮らしを強いられたと聞く。そんな魏家に、今事件を起こす理由はないようにも思う」

「確かに、そうですね」

「それと魏家は先帝の頃に宮廷に戻った後、巫術に関する売買の規制法を次々に発案し、それらは先帝によって採用されている」

「えっ、自分たちも巫術の家系なのに、ですか？」

「うむ。巫術によって国が乱れることのないよう、厳しく取り締まるべきだと声を上げたのだ。この己を律するような行動が当時は賞賛されたそうだが、同時にこれによって龍星国内の巫術に関わる産業は一気に衰退していった」

「あ、それって連天の人形の売買を取り締まる規制法も、そうですか？」

「そのようだ。ここに縁起物の人形の売買について、魏家の礼部尚書より規制法が発案されたと記録されている」

「えっ……」

私は記録書を手に取り、規制法制定に関する記述に目を通す。

そこには縁起物の泥人形は原始的で低俗な文化であり、こうした人の不安につけこみ儲《もう》けを生むような悪《あ》しき商売は厳しく規制すべきだと書かれていた。

「連天の人形のことを、こんな風に悪く言うなんて……」

確かに人形は、時によっては呪術の道具として悪用されることがある。だが代々続いてきた人形作りの風習をまるで汚らわしいもののように扱われ、強い悲しみと憤りを感じた。

それにこの規制のせいで連天は貧しくなり、村では他に産業もないから、子供たちでさえも危険な崖の薬草採りにまで出なければならない状況になったのだ。金儲《かねもう》け主義みたいに書かれているが、連天の庶民向けの人形は子供の玩具にもなるほどに安価で、季節ごとの行事を気軽に彩るような、人々の生活の近くにある人形だった。だからこそ、その歴史も古くから続いてきたのである。

「魏家は国内の巫術《ふじゅつ》を衰退させたが、一方で魏家自身は先帝からの依頼で病気平癒の祈禱を日々行い、国家繁栄のための祭祀の規模は拡大していった。外城《とじょう》には祭祀のための建物が、ここ十年のうちにいくつも建てられた」

「そんな……」

「それが政治というものなのだ」

長雲様は深いため息を漏らした。

夜になってもなかなか寝付けなかった私は、工房の庭に出て、月を見上げた。一緒についてきた毛毛が、私の肩に乗る。

「化け猫は月を吸って、その力で人間に化けるんだってね」

　ふと思いついてそう言うと、毛毛は顔をしかめながら言った。

「人間になんかなりたかないよ。化け猫なんかより、よっぽど化け物じみてんだから」

「それもそうか」

　人間はみんな幸せを求めて生きているはずなのに、色んなことが嚙《か》み合《あ》わないまま、自分が幸せになるために、時には誰かを不幸にして生きている。

　毛毛みたいに単純に生きていたら、そんなことはなくなるのかな。

　いや、毛毛が二匹いても、食べ物の取り合いで喧嘩《けんか》して、結局どっちか一匹の毛毛は死んじゃうような気もする。

「人形作りって、人の心の不安につけこんだ悪徳商売なのかな」

　ふとそう漏らすと、毛毛は月を見上げながら言った。

「鈴雨、覚えてる？　昔の連天じゃあ、人形市の日はお祭り騒ぎだったよね」

「……うん、覚えてるよ」

　連天の山頂にある女神の廟《びょう》まで延びる参道で、年に数回人形市が行われていた。規制ができる前の人形市は、それはそれは華やかで、所狭しとたくさん並んだ屋台には季節ごとの縁起物の人形が並び、それを買い求めに来るお客がひしめき合っていた。胡餅《えびす》や串焼きの屋台も来て、あたりにはいい香りが漂っていた。

「そっちの人形はどんなご利益があるんだい？」

「二つ買うから安くしとくれ」

「えーんえーん」

買ってもらったばかりの老虎《ラオフー》の人形を、地面に落として割ってしまった男の子が泣いている。

「仕方がないなあ。坊主、もう落とすんじゃないよ。ほら、これ持っていきな」

そう言って屋台の上に並んだ老虎を一つ取り、男の子に手渡す隣の家のおじさん。

「どうもすみません」

男の子の母親が謝ると、おじさんは笑った。

「あんたんちはいつもうちで買ってくれるからね」

「ほら、おじさんにお礼を言いなさい」

母親に背中を押され、うつむいたまま男の子が言う。

「おじちゃん、ありがとう」

「おう。虎みたいに強くなるんだぞ」

おじさんの顔にはくっきりと皺《しわ》が刻まれていて、いつも土を捏《こ》ねている指は太くてゴツゴツしていて、私にはそれが美しく見えた。

人形市は活気があって、陽の霊気に包まれていて、いつもあたたかかった。

まだ幼かった私はその様子を、参道の傍《そば》の木の陰からいつも眺めていた。

「そこにあったものが、本当のことだよ。猫の僕には何が悪徳で何がそうじゃないのかわからないけどさ。連天の人形師は人々の願いのために人形を作ってきたし、お客さんもその人形を必要としてきたんだよ」

毛毛はそう言って、私の肩からずりずりと、胸元まで降りて来た。

「そうだね」

私は毛毛を抱きしめる。

じんわりと心が温かくなる。

私はあの人形市を見つめながら、いつか私も人形師になるんだと夢見ていた。

私の人形で誰かが笑ったり、素敵だなと胸がときめいたり、傷ついた心に寄り添ったり。

そういうことが、したかったんだ。

# 第六章　天仙娘娘

陛下からの依頼は唐突だ。

静華《せいか》さんから骨付き肉をもらった数日後、また陛下からのお呼び出しがかかった。

「陛下に拝謁いたします。黄鈴雨《こうりんう》をお連れしました」

長雲《ちょううん》様と共に膝をつき、深々と頭を下げる。そして顔を上げるとそこにはいつもとは違って困惑の霊気をまとった陛下と、その傍らには目がちからかするほどに華やかな装いの小さなお妃《きさき》様が立っていた。

その髪にはこれでもか、というほどにたくさんの簪《かんざし》が挿してあり、真っ赤な襦裙《じゅくん》には鮮やかな色合いの大きな花の刺繍《ししゅう》が施されている。首元にも指にも、金や宝石の飾りがじゃらじゃらとぶら下がる。正直おしゃれとは感じず、とにかく派手好きという印象だ。

そしてその小さなお妃様は、とてもお若かった。童顔だからなのか、まるで子供のようにも見える。

「そちが黄鈴雨かっ！」

甲高い声を張り上げ、そのお妃様は叫んだ。

「は、はい……」

消え入るような声で答えると、陛下が私を気遣う様子で言った。

「鈴雨よ、急に呼び出してすまなかったな。実は今日は、ここにいる張《ちょう》貴妃の件で来てもらったのだ」

「ち、張貴妃様の、け、件で……？」

首をかしげると、陛下は小さなお妃様の肩をぽんぽん、と叩《たた》きながら言った。

「このちっこいのが張貴妃だ。純粋で貪欲で芯が強く、なかなかかわいげのある奴なのだ。ちょっと生意気で威勢がよすぎる面もあるが、大目に見てやってほしい」

それを聞いた張貴妃様はギィ、と気に食わなそうに陛下を睨《にら》みつけながら言った。

「陛下！　そのご説明では陛下の私に対するお気持ちがまっったくこの者に伝わらない気がいたしますわ！」

「おおすまぬすまぬ。張貴妃は余の最推し……最愛の寵妃《ちょうひ》なのだ」

すっかりやられっぱなしの陛下は、苦笑しながらそう言った。

しかし張貴妃様とは、こんなお方だったのか。

後宮の全てのお妃様の頂点に君臨する貴妃が、まさかこんな……威勢のいい子供みたいな人だったとは。

張貴妃様は陛下のお言葉に一応納得したらしく、不機嫌な顔のまま今度は私を睨みつけてきた。

「黄鈴雨！　一刻も早く、わらわのために魂人形《たまにんぎょう》とやらを作るのだ！」

「え……」

「そうしてもらえるか」

陛下は苦笑いしながらそう言った。


さっそく、張貴妃様はどんな魂人形をお望みなのか、話をうかがっていく。

陛下は公務でお忙しいようで「あとは任せた」と言い残し、すぐに広間から出ていかれてしまった。その後私たちは皇宮の広間から、普段文官たちが話し合いの際などに使用している皇宮内の部屋へと話し合いの場所を移していた。

「まず、わらわの人形は蘭淑妃《らんしゅくひ》の物より大きなものでなくてはならぬ！」

「は、はい……」

張貴妃様は胸を張り、幼子のように高い声を室内に響かせる。

「大体なぜわらわより、蘭淑妃が先にあのような立派な人形を手に入れておるのだ！　おかしいではないか！」

「はい……」

「そして当然、ご利益も蘭淑妃以上にあるものでなければな！　わらわの全ての願いを叶《かな》えるような、強力な魂人形にせよ！」

「あの……」

物が言えない私に代わって、長雲様がたずねる。

「まずは張貴妃様の願いをお聞かせいただけますでしょうか。その願いによって、作る人形も変わってくるのでございます」

「わらわの、願い……」

そこで一瞬、張貴妃様は勢いを失い、言葉に詰まった。こぼれ落ちそうに大きな瞳が、わずかに潤む。

「わ、わらわの一番の願いは、安心して暮らしたいということだ……」

「え……」

さっきまでの勢いからは信じられないほど消極的な願いだ。

「も、もちろん、龍星国《りゅうせいこく》随一の有力貴族である張家の名に恥じぬ妃でありたいとも願っている。当然、皇后になりたいとも考えている。だが、とにかく……安心したいのだ」

「安心、ですか」

「ああ。そう思うのが当たり前であろう。入宮後間もなくして、その美貌と聡明《そうめい》さで知られていた賢妃は何者かによって殺され、妊娠した妃は襲われた。つい最近も、淑妃が殺されかけたのだ。わらわを妬む者はもっといる。こんな子供っぽい未熟者が、なぜ貴妃なのかと。……納得していない者が多いはずだ」

小さな肩を震わせ、張貴妃様はうつむいた。恐怖や不安を示す霊気が張貴妃様の小さな体にまとわりついている。たくさんの簪も真っ赤な襦裙も、それを無理やり撥ねのけるための虚勢のように感じられる。

「長雲様、貴妃様は今、おいくつですか？」

小声で耳打ちすると、長雲様はそっと教えてくださった。

「十六になったばかりだ。まあ、外見はもっと子供……お若いようにも、お見えになるが」

「そうでしたか」

まだお若いのに名家である張家を背負って入宮され、後宮で最も高い地位である貴妃として暮らしてゆかねばならなくなったのだ。相当な重圧と日々戦っていらっしゃるのだろう。

「わかりました」

張貴妃様がどんなお気持ちで日々過ごしていらっしゃるのかは、よくわかった。

常にお傍にいて、心の拠《よ》り所《どころ》となるような人形を作りたい。

私は紙を取り出し、そこに筆で走り書きをして、張貴妃様に見せた。

【天の女帝である天仙娘娘《テンセンニャンニャン》の魂人形をおつくりいたしましょう。女官に混じって常に貴妃様にご同行できるよう、人間と同じ大きさでおつくりします】

「……天の女帝。強そうで良《い》いな」

潤んだ瞳のまま、張貴妃様は朗らかに笑ってくださった。

きっと陛下は彼女のこの純粋さに、希望を見出《みいだ》していらっしゃるのだろう。

「では黄鈴雨、頼んだぞ。蘭淑妃のものに負けないくらい豪華で美しい魂人形に仕上げるのだ！」

「かしこまり、ました」

天仙娘娘を作るには相当な手間がかかりそうだ。さっそく取り掛からねば。

工房に戻ると私は連天《れんてん》の土を甕《かめ》から取り出し、捏《こ》ねていく。大きい泥人形を作るのにはそれだけ乾燥にも彩色にも当然時間がかかる。

通常、泥人形作りは順調にいっても完成までに二十日前後はかかる。大作となればその何倍もの日数がかかることもある。

だが、張貴妃様をお救いする人形を、早く届けて差し上げたい。その気持ちが高まり、意識がどんどん、土の中の霊気の粒に向かっていく。

「気合入ってるね、鈴雨。どんな人形にするつもりなの？」

毛毛《マオマオ》は土を捏ねる私を嬉《うれ》しそうに眺めている。

「張貴妃様を癒《いや》せるような、包容力のある女神様にしたいと思っているの。親元を離れて物騒な後宮で、不安な日々を過ごされているみたいだったから」

「なるほどね」

天仙娘娘は幅広いご利益のある女神様だ。子宝恵受、商売繁盛、病気平癒など様々な願いを叶え、しかも優しい性格であるとされている。

だが、それだけ立派な女神さまを人間と同じ大きさで作るのは、やはり並大抵のことではない。成形するのにも集中力がいる。

指先が土に触れるたび、キラキラ輝きながら霊気の粒がつながる。次第に、霊気以外のものが見えなくなっていく。

そうして数日の間、私はろくに食事もとらずに人形作りに没頭し続けたのだった。

やがてついに天仙娘娘の成形を終え、乾燥させる段階に入ったところで、私は力尽きて工房の床に倒れた。

「う、うう」

毛毛の姿は見当たらない。きっとお散歩中なんだろう。

体に力が入らず立ち上がれない。もしかして私……死ぬ？

そう思いかけたその時、工房の扉を誰かが開いた。どうにか顔を動かしそちらを見やると、そこには冥界からお迎えに来た死神が立っていた。外の光が眩《まぶ》しくてよく見えないけれど霊気が薄く目が死んでいて、それでいて薄気味悪く口角を上げ……。あ、これ長雲様だ。

「どうだ、生きてるか」

「長雲、様……」

工房の床に寝転がったまま、やっとのことでそう答える。

「ほら、早くこれを食え」

長雲様が手に持っていた包みを開くと、ほかほかの大きな包子《パオズ》が出てきた。

「た、助かった」

私はヨロヨロと包子に手を伸ばして受け取った。包子のあたたかさが掌《てのひら》からじんわりと染み入り、そのふわふわした皮の甘い香りと中の肉の餡《あん》に含まれる香辛料の香りが入り混じって頭がクラクラする。

人形作りに集中して食事を抜きすぎた。ああ、なんておいしそうなんだろう。栄養、栄養、栄養……。

「尚食のおばあに、お前が最近食堂へ来ていないと話を聞いたのだ。きっとお腹《なか》を空かせているのではないかと様子を見に来てみて良かった」

「はんむっはむはむはんむっ」

包子に食らいつくのに夢中で、とても長雲様と会話などしていられない。

「必死か」

長雲様から珍しく、嬉しさを表すほのかな霊気が湧き出している。飢えた動物に餌をやるのがお好きなたちなのだろう。

「そういえば、お前のお友達の蘭淑妃様が昨日の行事で久々に青龍宮の外にお出になっていたよ」

「えっ、ほんほうに⁉」

思わず包子にがっつくのもやめてたずねた。蘭淑妃様のことがずっと気がかりだったのだ。

「笑顔はなかったが、表情は穏やかでいらっしゃった。肌艶も良くなられて、お元気そうだったよ」

「それは良かったです」

ホッと胸をなでおろす。

「お前のことをたずねられたが、今は人形の作製中で忙しいと伝えておいた。また時間があるときに遊びに来てほしいとおっしゃっていた」

「そうでしたか」

天仙娘娘を作り終えたら、また蘭淑妃様に会いに行こう。

私はそう心に決め、包子にまた齧《かぶ》りついた。


その後私は天仙娘娘を焼成し、彩色を施した。

長雲様にお願いして、様々な高級な鉱物からできる顔料を取り寄せ、惜しげもなく塗っていく。表情は柔らかく、目元は優しく、鼻筋はすっと通し、ふっくらとした頬はほんのりと薔薇色《ばらいろ》に仕上げる。まつ毛の一本一本、えくぼ、手の指の皺《しわ》まで細かく描きこむ。

ふくよかな胸元をゆったりと覆うような薄絹の披帛《ひはく》を描き、襦裙《じゅくん》には柔らかな色合いの花の絵付けを施していく。

仕上げに口元の紅を塗り、天仙娘娘は完成した。

「できた……」

私が筆を置くと、天仙娘娘はふわりと微笑《ほほえ》んだ。

「鈴雨さん、お疲れ様でした。こんなに素敵な襦裙を着せていただいて、私幸せ」

そう言って天仙娘娘は腕を上げ、自分の襦《じゅ》の袖をうっとりと眺めている。その仕草はゆったりとして優雅だった。美しくて見ているだけで癒される。まさに女神様だ。

「あなたはきっと、私の人生の最高傑作だわ……」

「あらまあ鈴雨さん、褒めすぎよ。うふふふ」

「よかった……」

無事に天仙娘娘を完成させられたことに安堵《あんど》して、私は工房の机に突っ伏した。

「な、なんという美しさだ！　それにまるで生きているようにしか見えないではないか！」

張貴妃様は天仙娘娘を見て感激されたご様子だ。

「すごい……すごい。本当に人形なのか？　血が通っているかのような肌の色だ」

「ありがとう、ございます」

貴妃様が天仙娘娘をお褒めくださって、ホッとする。特に今回は肌の彩色にこだわったので、そこに着目してもらえてとても嬉しい。

「今日から貴妃様にお仕えする女官として、精一杯働かせていただきますね」

天仙娘娘はうふふと笑いながら、手に持っていた獣毛の払子《ほっす》をふりふりして見せる。

「それは一体なんなのだ？」

貴妃様がたずねると天仙娘娘は答えた。

「これは厄を払うための払子です。私が貴妃様に降りかかる厄を、これで片っ端から払ってさしあげます」

「なるほど、それなら安心だ」

瞳を輝かせる貴妃様に、天仙娘娘は優しく微笑んだ。

「ええ。いつもお傍《そば》におりますから、どんなことでもお話しください。開運の方向へ導いてさしあげましょう」

「な、なんと……」

貴妃様はごくりと唾をのむ。

「わらわ、無敵になったかもしれぬ」

「うふふふふ」

天仙娘娘は花が綻ぶように笑った。

それから天仙娘娘は張貴妃様と行動を共にするようになった。長雲様によれば張貴妃様は常に傍に天仙娘娘を従えて、事あるごとに話しかけ、楽しげにしているという。つんけんした態度のことが多かった彼女だが、最近は柔和な態度をとることが増えたそうだ。

「私も、この間《あいだ》張貴妃様と天仙娘娘を見かけました。張貴妃様は天仙娘娘を姉のように慕って、甘えておられるご様子でした。あんな無邪気な表情をされるのは、初めて見ました」

蘭淑妃《しゅくひ》様はそう言いながら茶菓子に手を伸ばした。今日は久々に蘭淑妃様にお会いして、青龍宮でお茶をしている。

相変わらず身に着けていらっしゃる装飾品の数は少なく、ふんわりと髪を結い、淡い色合いのゆったりとした襦裙をお召しになっている。そしてお体を大事になさるためか、あたたかそうな上衣を羽織っていた。それでも十分、蘭淑妃様はお美しい。細くしなやかな指で茶杯を握り、薄紅色の唇にそっと運ぶ様子を、思わずうっとりと眺める。

貴妃様は気を張っていらっしゃったので、きっと天仙娘娘のような存在が必要だと思っ

たのです】

紙にスラスラとそう書いてみせると、蘭淑妃様は微笑まれた。

「さすが鈴雨ですね。それに怖かった張貴妃様が和やかになったことで、他の妃嬪《ひひん》たちの雰囲気も良くなったんです。みんな鈴雨と天仙娘娘には感謝していますよ。私だけの鈴雨でなくなってしまうようで、少し寂しいですが」

蘭淑妃様はそう言って、お茶をすすった。

わ、私だけの鈴雨……!?

蘭淑妃様に合わせるように口にしたお茶が気管に入り、思わずむせる。

「鈴雨、大丈夫ですか?」

「は、はい……」

蘭淑妃様は相変わらず、不思議なお方だ。でもまたこのふわふわした雰囲気でお話しすることができるようになって、本当によかった。

気を取り直し、紙にスラスラと筆を走らせる。

【皆さんのお役に立てて、なによりです。それに蘭淑妃様も顔色が良くなられたようで、嬉しいです】

「ありがとう。……実はね、少し前から、この子がお腹を蹴るようになったんです」

すっかりその膨らみがわかるようになってきたお腹をなで、蘭淑妃様は言った。

「本当に私は母親になるのだと実感して、泣いてばかりもいられないと思って。この子を守るためにも、強く生きなきゃ駄目ですよね。この子が生まれてからも、また命を狙う者が現れるでしょうし。私は陛下のお子を身ごもったのだから、覚悟を決めて向き合わなければなりませんね」

そう決意を語る彼女は以前とは違い、安定した陽の霊気に包まれていた。


蘭淑妃様とのお茶会を終え、青龍宮を出て工房へ戻る途中、前方からぞろぞろと歩いてくる女官たちの姿が見えてきた。

「わ、やべ」

その集団と鉢合わせになるのを回避するため、私は路地を曲がった。だがその女官たちに囲まれている女性が、煌《きら》びやかな頭飾りと面紗《めんしゃ》をしているのが見えて、ふと足を止めた。

あれは……魏徳妃《ぎとくひ》様だ！

思わず路地の壁の陰に隠れ、そっと様子を盗み見る。

私と同じ浄眼を持ち、優しく寄り添ってくださったこともあった。

だが連天が貧しくなる原因となった、縁起物の人形の売買に関する規制を作った魏家のお妃様《きさき》でもある。

複雑な気持ちを抱えたまま、私は壁にもたれ、その場に立ち尽くした。

次第に彼女たちはこちらに近づいてくる。

……もう、ここから離れて工房に戻ったほうがいいのかな。

だが私はその集団から、怯《おび》えや疲れを感じさせる霊気が漂っていることに気づいた。

やっぱりなんだか気になる。もう一度、私は壁の陰から様子を見た。

「どうして薔薇《ばら》水晶の手配が遅れたのだっ！　あれを次の宴席までに必ず間に合わせるようにと、何度も言っておいたであろう！　この役立たずめ！」

魏徳妃様が声を荒らげてお付きの女官に叫ぶ。大きな身振りで感情的に話すその様子は以前お見かけした姿とは違いすぎていて、まるで同一人物とは思えないくらいだ。

「申し訳ございません。ですが薔薇水晶は遠方から取り寄せますゆえ、まだかなりのお時間がかかると、前にもご報告させていただいて……」

「口答えするでない！　あれがないからうまくいかぬのだ。このままいけばどうなると思っている！　首が飛ぶぞ、首が、飛ぶ。おぬしの首も、私のも、お前のも、お前のもだ……」

「ここは外で人目もございます。どうかそのお話の続きは白龍宮の中で」

「よくもこの私に向かってそのような生意気な物言いを！　私は神の子だというのに！」

魏徳妃様は突然髪を掻《か》きむしり、頭飾りを地面に投げつけた。面紗が外れ、目をひん剝《む》いて女官をののしるお顔があらわになり、私は思わず息をのんだ。

激しい怒りの霊気が爆発するように広がり、魏徳妃様が「キャアア」と叫ぶ。

すると傍にいた女官が紙の包みを取り出し、それを魏徳妃様の口元に当てた。他の女官は動かないよう体を押さえ込んでいる。こうしたことはよくあるのか、皆手慣れた様子だ。

「えっ……」

私は呆気《あっけ》にとられながらも見つめ続ける。

紙包みの中から出てきた白い粉を、魏徳妃様は拒否することもなく口に含んだ。そしてそのまま女官たちによって無理やり水を飲まされ、うめきながらうずくまる。

「うう、うう」

「早く戻りましょう！」

女官たちは魏徳妃様を抱えるようにして急ぎ足で歩き出す。

必死の女官たちは壁の陰から様子を眺めていた私には気づかず、そのままバタバタと白龍宮の方へと去っていった。

「え、えええ？」

穏やかな霊気の持ち主だった魏徳妃様が、あんなにも取り乱すなんて。

それにさっきの白い粉、一体何だったのだろう。


深夜、なかなか寝付けなかった私は、人形たちを手に取り会話をさせる。

「それにしても天仙娘娘は見事な仕上がりだったわ。さっすが鈴雨！」

「あれは最高傑作ね。水漣《すいれん》様がもし生きていたら、きっとお褒めくださったでしょう」

「でもうぬぼれちゃダメダメ。水漣様のような人形を作るには、まだまだ修業が必要なんだから」

「ねえねえそれより蘭淑妃様。元気になっててよかったー」

「淑妃様は優しいいし、鈴雨のこと友達だって言ってくれたもんね。逆に怖い気もしたけど、やっぱ応援しちゃう」

「そういえば今日のあの魏徳妃様のご様子……。どう思った？」

「前とは全然違ってたからびっくりしちゃった」

「あれがないからうまくいかぬって言ってたけど、なにがうまくいかないのかねえ」

「陛下のお渡りがないんじゃね？」

「んなもん石の力じゃどうにもならねーだろ。ウケる」

「確かに魏徳妃様ってお美しいし人望も厚いけど、陛下が好きな雰囲気じゃないかも」

「まあそう言うなって。そりゃ人形の販売を規制した魏家は許せないけど、あの人は浄眼を持ってるし、鈴雨を二度も助けてくれたんだよ」

「あの時のあの人の気持ちに嘘《うそ》はなかったしね」

そこまでやって、私はふぅ、と息を吐き、人形劇をやめた。

そうだ、確かにあの時の魏徳妃様の霊気と言葉は完全に一致していた。私を思いやる気持ちに嘘はなかったのだ。


私は工房の奥にある寝床の布団に潜り込む。

ずっと一人が好きだったのに、最近は他人のことをよく考える。

蘭淑妃様のこと、長雲様のこと、張貴妃様のこと、魏徳妃様のこと。

「本当はみんな、幸せになれたらいいのに」

人と関わるのが億劫《おっくう》だったし、人に話しかけられるのが怖かった。村の工房にこもって一生を過ごしたいと思っていた。

でも後宮へ来て、自分の任務を果たすために、色んな人と関わった。

私はその人たちが辛《つら》い思いをせずに心穏やかに過ごせることを願っている。

「人間が嫌いってわけでもなかったのかな……？」

それにこうして後宮の工房内の寝室に一人で眠ることを、寂しいと思っている自分もいる。連天にいたころは一人暮らしをなんとも思っていなかったのに。

「連天が、恋しいのかな」

人との関わりは薄かったけれど、結局連天にいたときは村の人たちに囲まれていたから安心だったのだ。近くに家族や見知った人が住み、頼ろうと思えばいつでも頼れる距離にいた。そういう中で一人暮らしをしていたから、心細くなかっただけなんだろう。

後宮へ来てからはずっといっぱいいっぱいだったけれど、大きな仕事もひと段落してふと我に返ってしまった。

「どうしたの鈴雨、眠れない？」

いつの間にか布団の中に入り込んでいた毛毛が、布団から顔を出して私を見つめる。

「まあ、ちょっとね。でも毛毛がいて、良かったよ」

私は毛毛の背中をなでる。こうしていれば、いつも落ち着く。

目をつむると、次第に眠くなってきた。

それから数日後、暇だなあと思いながら工房の掃除をしていると、急に眩暈《めまい》がしてきた。

「あ……れ……」

みるみるうちに体から力が抜けていき、私はその場にパタリと倒れた。

換気のために開けっ放しにしてある扉の向こうには、庭先で日向《ひなた》ぼっこしている毛毛の背中が見える。助けを求めようとしたけれど、声も出せない。あっという間に視界は暗くなり、意識が遠のいていく。

そして夢を見た。


「うそ……嫌だ！　わらわは、わらわは、どうすればいい！」

目の前の張貴妃様は錯乱状態になり、泣き叫んでいる。

幼さの残る頬に涙がつたうのを見て、私は彼女を抱きしめた。小さな背中をゆっくりとなでて落ち着かせ、煙を吸い込まぬよう、披帛《ひはく》の裾を口元にあてがって差し上げる。

ああ、私がもっと早く動けていれば、こんなことにはならなかったのに。

広い屋敷《やしき》に小指ほどの小さな木偶《もくぐう》がこっそり侵入したことに、気づいたときにはもう遅かった。

でも大丈夫だ。張貴妃様を救うことなら、まだできる。

「貴妃様、こちらへ。怖がらず、私について来てください」

「きゃあああ」

炎の勢いが増し、燃え崩れた柱が倒れてきた。私はそれを背中で受け止める。

私は人形だ。熱さで痛みを感じたりはしない。

だが重い柱を受け止めたことで、体には大きなひびが入った。これは致命的だなと自分でわかった。

残念ながら、もうすぐお別れの時が来る。

まだまだ一緒にいて差し上げたかったのに。

「天仙！」

私を見つめ、彼女は大きく目を見開いた。かわいそうに、恐怖で体を震わせていらっしゃる。

「平気です。さあ急ぎましょう」

私は張貴妃様を庇《かば》いながら安全な場所へと誘導する。ひび割れた体が炎を受けて、ボロボロと崩れていく。

それでもなんとか、お庭までお連れすることができた。だが庭の池のそばまで来たところで、私の体はバラバラに崩れた。

「天仙！　天仙！」

張貴妃様が声を張り上げて叫ぶ。

「ごめんなさい。もうすぐお別れです」

そう告げると、彼女は「そんなの絶対に嫌だ」と子供のように泣きじゃくった。

ああ、このままではこの子は、悲しみに飲み込まれてしまう。私はこの子の心をお守りするために生まれた人形なのに。

私、この子が好きだった。短い間ではあったけれど、色んな思い出がある。

張貴妃様にご相談を受けて、どんな装いにすれば大人びて見えるかを女官たちも交えて話し合ったこともあった。金の簪《かんざし》を山のように挿し、宝玉をじゃらじゃら身に着けていたのを着替えさせ、髪には花飾りを一つだけにし、お顔に花鈿《かでん》を施してさしあげた。襦裙《じゅくん》は質が良くてお体の大きさに合う、落ち着いた色味のものにしてさしあげた。鏡に映ったご自分のお姿を見て「まあ、なかなかいいのではないか？」と照れたように微笑《ほほえ》んでいたのを、鮮明に思い出す。

宮中行事への参加で緊張されていたのを安心させるために、女官たちと予行演習をしたこともあった。転んだり座る場所を間違えたりしないようにと、真剣な表情で繰り返し練習なさっていた。

予定もなくお暇な時の張貴妃様は、大抵甘えん坊だった。赤龍宮の居室で私に膝枕をさせながらお昼寝をすることもあったし、お庭を眺めながら故郷の歌をお歌いになることもあった。

そうだ、私はあの歌が好きだった。

「貴妃様、私が土に戻る時、歌って、いただけませんか」

口もうまく回らなくなってきたが、なんとかそうお伝えすることができた。

「う、歌？」

声を震わせながら張貴妃様がたずねる。

「はい、貴妃様が歌う故郷の歌、大好き、だったのです」

「天仙……」

「あの歌、聞けば、私、天に昇ること、できます、から」

力を振り絞ってそう告げた瞬間、視界は闇に包まれて、耳に届く全ての音が遠のいていった。

もう体は動かない。

「……んせ……ん……」

貴妃様の声がこだまして、私は、

そこで目が覚めた。

「今のは……」

あれはきっと、天仙娘娘の体感を共有していたのだろう。

「いたた……」

急に意識が遠のいて倒れたせいで、肩や腕を打ってしまったようだ。見ると痣《あざ》になっている。

「鈴雨、大丈夫？」

毛毛が傍らに寄り添い、心配そうに私を見つめている。

「うん、それより……」

外から焦げ臭いにおいが漂ってくる。

私はゆっくりと起き上がり、入り口の扉に近づいて外を見た。

遠くの建物から煙が出ているのが見える。

「あ……」

私は信じられない思いで、煙が空に昇っていくのを見つめる。

表通りからは、様子を見ようと外に出てきた女工たちの話し声が聞こえてくる。

「ねえ！　火事だって！」

「赤龍宮が燃えているらしいよ！」

「貴妃様は無事なのかしらね」

……天仙娘娘が、死んでしまった。

私は呆然《ぼうぜん》として、言葉を失い立ち尽くしていた。


翌日、工房の扉を叩《たた》く音がして出ていくと、そこには張貴妃様のお姿があった。

「お願いしたいことがあって来たの」

後ろに引き連れている宦官《かんがん》が、大きな木箱を抱えていた。


貴妃様のお願いとは、天仙娘娘の供養だった。

「魂人形の供養なんて、お前以外には頼めそうにないわ。やってもらえる？」

私は紙に走り書きをする。

【かしこまりました。それでは、庭でお焚《た》き上げをいたします。天仙娘娘が天に昇るのを、見守っていただけますか？】

すると貴妃様はこくりとうなずいた。

「もちろんよ。そうしたくて、ここへ来たんだから」

私は庭の空いている場所に薪を重ね、その上に木箱を置いた。

木箱の蓋を開くと、焼け崩れてボロボロになった天仙娘娘の破片が集めて入れてあった。焦げて黒ずんだその姿は目をそらしたくなるほど痛々しい。だが、破片の一番上に乗せられた彼女の顔が、穏やかな表情をしていることに私は気づいた。

彼女は張貴妃様を炎から守ることができて、安堵《あんど》していたのだろう。

私は薪に火をつけ、お焚き上げを始める。

隣に立つ張貴妃様は、煙が空に立ち昇るのを暗い顔で見つめている。

「あの……。歌を、歌って、いただけ、ませんか」

私がそう声をかけると、彼女は驚いた顔でこちらに振り向いた。

「えっ」

「貴妃様の、故郷の、歌です。天仙が、好きだった」

「…………」

張貴妃様はぽたぽたと、大粒の涙をこぼす。でも涙をぬぐい、鼻をすすりながら、歌を歌い始めた。それは私の知らない歌だったけれど、どこか懐かしい響きのある、子守歌だった。

涙声になりながらも天仙のために歌う張貴妃様の子守歌を聞きながら、私は燃え盛る炎に薪をくべる。

冬の高い空に、白い煙が昇っていく。私はその様子を、じっと見つめ続けていた。

# 第七章　真実はここに

赤龍宮が火事になった日から、後宮内には緊張感が漂っている。

少し前に春節を迎えたが、とても皆で笑ってお祝いするような雰囲気ではない。規模を縮小した祭事のみが執り行われ、あとはお通夜のような日々が続いている。

火事の原因はまだ特定されていないが、陛下のご寵愛《ちょうあい》が厚い張《ちょう》貴妃様の命を狙って何者かが火を放ったのだろうと、誰もが考えている。目障りな寵妃《ちょうひ》を消そうと企《たくら》んでいたのは、亡くなった孟昭儀《もうしょうぎ》様だけではなかったのだ。

短期間のうちに物騒な事件が重なったことにより、妃《きさき》たちは皆、自分も命を狙われるのではないか、あらぬ疑いをかけられるのではないかと恐れるようになった。女官たちも皆、外で余計な口を利かぬように気をつけはじめたようである。食堂へ行っても女官たちがわいわい楽しげに騒ぐのを見かけない。皆周囲を警戒して噂話《うわさばなし》もしなくなり、黙って食事を済ませて足早に去っていく。

私は天仙娘娘《テンセンニャンニャン》が死んだあの日から、心にぽっかりと穴があいてしまったみたいで、何をしていても身が入らない。自分の作った魂人形《たまにんぎょう》が命を落とすのは、考えてみれば昔連《れん》天《てん》で老虎《ラオフー》が谷底に落とされてしまった時以来のことだった。

魂人形は大抵、作った人形師が生きている間は元気にしているものなのだ。だが人形師の命が尽きると急速に劣化が進み、バタバタと死んでいく。おばあちゃんが亡くなった後、連天村にいた魂人形たちは次々にひび割れ、魂を失っていった。とても寂しかったし、急に何人もの働き手を失って村は大変なことになった。

天仙娘娘はわずかな間しか生きることができなかった。張貴妃様を庇《かば》って、体はボロボロに崩れ、焼け焦げてしまった。

人形とは言ったって魂も心も持っているのに、辛《つら》い思いをさせた。

……私が天仙娘娘を生み出してしまったせいだ。

大体、人間の都合のために命を生み出そうという考え自体があまりにも身勝手だ。長雲《ちょううん》様が連天へ私を迎えに来た時、命あるものを生み出すのだから責任を持ちたいなんて語ったけれど、私はどうやって責任を持とうとしていたというのか。

生まれてきた命に、責任の持ちようもないのに。

「鈴雨《りんう》、鈴雨！」

毛毛《マオマオ》に呼びかけられて、私は我に返った。

「もう、ここんとこずーっとうわの空なんだから」

「ごめんごめん」

私は桶《おけ》の水につけておいた作業着をゴシゴシと擦り合わせる。汚れた衣類を洗濯しようとしていたことさえ忘れて、ぼーっと座り込んでしまっていた。冷たい水で手がかじかんでしまっていて、あまりうまく洗えない。なんだか洗濯を頑張る気持ちも失《う》せてきた。

「それ洗って干したら、食堂へ行って朝餉《あさげ》を食べておいでよ」

「うーん」

正直、食欲が全然ない。面倒だから食べなくてもいいかと思ってしまう。

「絶対に行ってこなくちゃ駄目だよ。立派な人形師になりたいなら、体力もつけなくちゃ」

「立派な人形師に……」

そうなれるわけがない。むしろ私なんかが人形を作らないほうがいい気がした。

うつむいたまま洗濯物を握りしめる私を見て、毛毛はため息をついた。

「僕はいいよ、別に。鈴雨が人形師じゃなくなっても、いいよ」

「……え」

「僕は鈴雨がなるべく幸せに生きていけるのが、一番いいんだ」

毛毛はじっと私の目を見つめた。


適当に洗濯を済ませた後、私は毛毛に半ば追い出されるようにして工房を出た。仕方がないから食堂へ行き、ご飯も食べた。本当は食べる気がしなかったけれど、ずっと連天で貧乏な暮らしをしてきたから、出されたご飯を残す気にもならなくて完食した。

「どうしようかな」

なんとなく、川か池でも眺めていたい気分になった。池というと飛龍園が思い浮かんだが、あそこは華やかすぎて落ち着かないし、人通りもありそうだ。

私は後宮内を流れる水路を眺めに行くことにした。外壁に近い、なるべく人が来なそうな場所へと向かう。

「なんか……結構汚いな」

水路を見下ろすと、流れる水は茶色く濁っているし、生臭い匂いも漂っている。考えてみれば後宮内の排水が流れているわけだから、汚くて当然だろう。それに真冬に水が流れるのを見ていると、体が余計に冷える感じがする。

来なければよかったなあと思いつつもしばらく水路を眺め続けていると、遠くから地面を蹴るような音が聞こえてきた。

「ん？」

音のする方を見ると、そこには舞の練習をする麗冰《れいひょう》の姿があった。

前に食堂の女官たちが麗冰の舞をコマのようだと揶揄《やゆ》していたような気がするが、確かに麗冰はまるでコマみたいに、くるくる回りながら舞っていた。

麗冰が回転するたび衣装の裾が大きく開き、まるで大輪の花が咲くようだ。呼吸を荒らげて白い息を吐きながらも、体全体を大きく使って舞う彼女の舞は、力強くて躍動感に溢《あふ》れている。霊気は全て舞を踊ることに注《つ》ぎ込まれ、雑念が一切ない。

すごいな……。

思わず見入ってしまう。

麗冰は私に見られていることにも気づかない様子で舞い続けていたが、地面を蹴って回転する際に体が傾き、そのまま倒れた。

「いったぁ……」

立ち上がろうと顔を上げた麗冰と、目が合ってしまった。

「あっ。人形師」

「う……」

麗氷は私に鋭い視線を送る。

怖いっ……。

思わず目をそらし、その場から立ち去ろうとした私を彼女は引き留める。

「ちょっと待ちなさいよ」

「えっ……」

怯《おび》えながら振り向くと、ずんずんと大股で麗氷がこちらに向かってくる。

どうしよう。ぶたれたりするのかな。

逃げなくちゃと思うのに、そのまま固まって動けない。

「あんたに、言いたかったの」

「へ、へぃ……」

あまりの恐怖に涙目になっている私に、彼女は言った。

「悪かったわ」

そしてぐいっと手を差し出し、何かを私に握らせる。

それは見たこともない黒くてツヤツヤの石をつなげて作られた腕輪だった。

「これ……は？」

「うちに代々伝わる黒曜石の腕輪。私が持ってるものの中で、価値のあるものなんてそれくらいだから、あんたにあげる」

「……なぜ？」

思わず怪訝《けげん》な顔をした私に、麗冰は叫んだ。

「だから言ったでしょ。悪かったわね！」

戸惑いながら手の中の腕輪を見つめていると、麗冰は水路と通りを隔てる欄干の上に、ぴょんと勢いよく飛び乗った。

「あ、危な……」

驚いて思わずそう口走る。麗冰は「平気よこのくらい」と言いながら欄干に腰かけた。もし滑り落ちたら生臭い汚水の中に頭から突っ込むことになってしまうけれど、怖くないのだろうか。

「ねえ、あんたって、どうして後宮へ来ることになったの？」

麗冰にたずねられ、私はたどたどしく答える。

「へ、陛下の、ご命令、で」

「そう。私はね、故郷の貧しい家族のために来たのよ」

「か、家族の、ために」

「父が怪我《けが》をして働けなくなって困っていたところに、親戚のおじさんが後宮入りの話を持って来てくれたの。私が後宮に入れば、まとまったお金が手に入るって」

「そ、そう……」

つまり身売りされたようなものだと思うのだが、麗冰の放つ霊気は明るく前向きだ。

「結局、来て良かったわ。陛下に舞を気に入っていただけた時には褒美がもらえて、その分家族にたくさん仕送りもできているし。元々舞が好きだったから、舞人として評価してもらえることは嬉《うれ》しいし」

「ええ」

「でも後宮で一番厄介なのは、人間関係よね。ここに虎州の人間はほとんどいないし、私は褐色の肌で彫りも深くて、容姿からして浮いてるし」

「はあ」

どうして麗冰はこんなことを私に話そうと思ったんだろう。私のことなんて、気持ち悪くて嫌いなはずじゃなかったのか。

「私、必死になりすぎてたの。とにかく仲間を作らなくちゃって。そのために異質なあんたを非難した。そうすれば他の宮妓《きゅうぎ》たちとの結束が深まると思ったから」

「そう、なの……？」

「でもあんたを敵に回したのは失敗だったわね。おかげで今じゃ、俸給も下がった上に独りぼっちよ。誰も口をきいてくれなくなっちゃった。陰口も言われまくり」

「ああ……」

だいぶ失礼な話をされている気がするが、面と向かって正直に打ち明けられ、一体どう反応していいものかわからない。こちらからは何も悪いことをしていないのに。工房を荒らされ、連天の土を駄目にされたのだ。そんな理不尽な目に遭ったのだから、簡単に許せるはずもない。

ただ、家族のために後宮へ来て前向きに頑張っているのは、純粋にすごいと思った。私なんて、村や家族のことなど考えず、後宮へ行かなくて済むように逃げ回っていたのだから。

こうしてあらためて近くで見てみれば、麗冰は私とそれほど年が違わないように見える。でも覚悟を決め、家族への仕送りのためにどうにかここでやっていこうとしている彼女と比べたら、私は幼稚だ。村にひきこもっていたかったけれど、高級な顔料で人形師として大作に挑める環境はいいなあとか、自分のことばかり考えていた。

「私の都合で、あんたに嫌な思いさせて迷惑かけたわ。ごめんなさい。でも特に許してもらうつもりもないけど」

「なら、なんで、そんなことを、話す」

「本当の気持ちを伝えておこうと思っただけよ。あと、あんたの人形作りに真剣なとこは尊敬してる。皇宮の入り口に置いてある人形、あんたが作ったんでしょ？　この世のものとは思えないほどきれいだったわ。思わず見入っちゃった」

「え……」

「私はね、あんたの人形を見て、奮い立たされたの。私は舞人としての道を極めようって。どんなに人から陰口言われても、独りぼっちでもかまわないわ。舞で魅了してやるんだから。そういう気持ちに、させられたのよ」

「そ、そう」

「じゃあね」

麗冰はストンと欄干から降りて、その場から去っていった。

「なんて、自分勝手な」

私は呆気《あっけ》にとられて、その後ろ姿を見つめる。

正直に思っていたことを話して、謝ってもらった。

麗冰がどんな気持ちで今まで過ごしてきたのかを知って、私の霊気が形を変えていく。

「あ……」

黒曜石の腕輪、結局受け取ったままだ。

今すぐ返そうとしても、麗冰はきっと突っ返すだろうし、私も麗冰にはうまく話せない。

でもきっとすごく大切なものなんだろうな。

手紙を添えて、明日麗冰に返しに行こう。


工房に戻るとさっそく、毛毛に話をする。

「私やっぱり、これ以上誰も悲しい思いをしないためにも、誰かに笑顔になってもらうためにも、自分にできることを頑張りたい」

「なんで、そう思えたの？」

たずねる毛毛に、私は答えた。

「この世から痛みも悲しみもなくなることはないけど、私には人形が作れる。私の人形で大切な人たちの笑顔を守ったり、誰かを勇気づけたりできる。それに私の作る人形たちもみんな、そうできることを望んでいる。私にできることを、最大限やる生き方を、私は選ぶ」

「うん、僕もそれがいいと思う。できることは何でも協力するよ」

嬉しそうに笑う毛毛を、私はぎゅっと抱きしめた。

布団にもぐりこみ、ボーッとしながら考える。

あの時……天仙娘娘の体感を共有した時、彼女は心から、張貴妃様をお守りしたいと思っていた。そして無事に炎の中から抜け出し、救い出せたことに安堵《あんど》していた。

自分の運命を呪うこともなく、ただこれからも張貴妃様をお傍《そば》で見守れないことを悲しんでいた。天仙娘娘は、自分がこの世に生み出されたことで張貴妃様を救えて、良かったと思っていただろう。

人形たちは皆、純粋で美しい心を持っている。魂の色に濁りがなくて、人間みたいに混沌《こんとん》としていない。生み出すときに私が思い描いた通りの魂の色のまま生き続ける。

そこが魂人形と人間の違いだ。

人間は大抵自己中心的な考えをしているし、魂の色も次々に移り変わっていく。同じ人間でもその時々で別人のような霊気を放ったり、困難を乗り越えて成長したりもする。

それはどちらがいいということでもなくて、魂人形と人間の性質の違いなのだ。

私が魂人形を作ってきたことが、正しかったのかどうか。

厳密に言ったら命に責任を持つことなんかできない。生まれた命が一生不幸にならず無事に過ごせるように守ってあげる力なんて、私にはないのだ。

でもだからといって、責任を持ちたいという気持ちに意味がないわけではない。私はちゃんと、その人形を生み出すのに値する理由がなければ魂人形に命を捧《ささ》げさせたくはない。私は張貴妃様のお人柄や苦しみを知って、助けたいと願ったから、天仙娘娘を作ったのだ。

天仙娘娘とは、私の願いそのものだった。

「願いを、人形にしていくんだ」

この世に正しさはたくさんあって、私のしていることはきっと正しいとも間違いだとも言えるのだろう。天仙を作らずに張貴妃様を救えなかったとしたら、絶対に自分を許せなかった。でもやっぱり、天仙が犠牲になったことが、とても悲しい。

それでも私はこれからも、悩みながらも決断していくのだ。

「きっと、そうだ」

そうわかったら少し安心して、私は眠りについた。

翌日、手紙と黒曜石の腕輪を手に、私は宮妓たちの住む区画へと足を踏み入れた。

宮妓たちは苦手だ。心細いから、毛毛にもついてきてもらった。

「あの胸出し女に今までさんざんコケにされてきたのに、なにも律儀に腕輪を返しにいかなくたって」

毛毛は不満げにそう吐き捨てる。

「でも、代々伝わるものだって言ってたから、絶対に麗冰が持っていたほうがいいと思って」

「んなもん適当に売っぱらって、火鉢に入れる炭代にでもしちまえばいいのに。鈴雨はお人よしすぎるんだ」

はあ、とため息をつく毛毛をなだめながら、あたりを見渡す。

麗冰って、一体どこに住んでいるんだろう……。

きょろきょろしながら歩いていたら、宮妓たちが道端に集まって話し込んでいるのが見えてきた。

頑張ってあの人たちに聞いてみようかなあ……。

近づくにつれ、彼女たちの会話が聞こえてくる。

「やっぱり怪しいとは思ってたのよ」

「あの舞、おかしかったものね」

「でもびっくりしちゃった！　朝起きたらいきなり刑部《けいぶ》の男たちがやって来たんだもの」

「今頃どうしてるかしら、麗冰は」

……えっ。

思わず足が止まる。

「きっと鞭《むち》で打たれてるでしょ……。やだ、想像しただけで鳥肌が立ってきた」

「あの女はどうなったっていいわよ。それより虎州との戦にでもなれば大ごとじゃないの」

「悪い噂《うわさ》はあったけど、あれが本当だったってこと？」

私はその集団に近づき、おそるおそるたずねる。

「あ、あの、麗冰が、どうか、し、まし？」

「ひゃあああああ！」

「猫面女が出た！」

「あの気味の悪い猫もいるうぅ！」

宮妓たちは甲高い悲鳴をあげ、私たちと距離を置く。

「いえ、あ、あの、れ、麗冰に、か、返したい、あの……」

「麗冰ならもう牢《ろう》の中だよ！」

一人の宮妓がそう叫ぶと、みんな逃げ去ってしまった。

「そ、そんな……」

ぽつんと一人取り残された私は、うつむいて手の中の黒曜石の腕輪をじっと見た。

あの悪い噂が本当のわけがない。

昨日の麗冰の話と、麗冰の霊気の様子を見ていた私にはわかる。

麗冰は本当に、貧しい家族のために舞人として後宮へお金稼ぎに来ただけなのだ。

きっとあまりにも噂が立ちすぎて、刑部からの取り調べを受ける羽目になってしまったのだろう。

……心が痛むが、私に見える霊気など、なんの証拠にもならない。

やりきれない気持ちになり、私はとぼとぼと歩き出す。

「鈴雨……鈴雨……」

心配そうに私を呼ぶ毛毛に返事もできずに、うつむいたまま歩き続ける。

どうしてこんなに悲しいことばかりが起こるのだろう。この世には神も仏もないのか。

私にはあらゆるものの霊気が見えるけれど、神様の姿は見えたことがない。

そんなことを考えながら歩き続け、ふと気づくと私は飛龍園にたどり着いていた。

そういえば飛龍園の金人は、元々虎州の神仏像だったんだっけ。麗冰があらぬ罪を着せられて辛《つら》い目に遭ったりしないよう祈れば、救ってくださるだろうか。

私は金人の元に向かい、黒曜石の腕輪を握りしめて心の中で語りかける。

金人さん、どうか濡《ぬ》れ衣《ぎぬ》を着せられて麗氷が処罰を受けるようなことがありませんように。本当の犯人は、他にいるはずですから。

祈りを終え、金人を見上げる。

金人は今日も、憂いを帯びた表情をしてどこか宙を眺めていた。

工房へ戻る途中、白龍宮の前を通りかかった。

魏徳妃《ぎとくひ》様はどうされているだろうかとふと気にかかり、門からちらりと中をのぞいてみる。

すると数人の官吏たちと女官が口論になっていた。

「刑部からの調査依頼に協力しないとは、何事だ！」

「ですが白龍宮内の調査なら、火事の後に礼部の方が済ませています。それで十分でしょう」

「だが礼部の官吏はほとんどが魏家と関わりのある者たちではないか。こちらでも調べてみる必要がある」

「徳妃様はご体調を崩されているのです。急に来られても困ります」

女官が困惑した顔でそう話すが、刑部の官吏らしき男性が、顔を真っ赤にして怒り始めた。

「魏家は巫術《ふじゅつ》の家系だろう！　呪術道具でも隠し持っているのではないのか？」

「なんて酷《ひど》いことを！　徳妃様が先帝に今までどれだけ尽くしてきたことか。あのお方が陰でこそこそ人を呪うなど、ありえないことです！」

そう口走る女官の体から、もやもやと黒い霊気が漂い始めた。

――あの女官は焦りと不安を抱え、絶望している。

どうして、と衝撃を受ける。女官から漂ってくる霊気の匂いも、肌に触れたときのピリつくような感覚も、そこに確かに良からぬ事実が隠されていることを示していた。

動揺しながらも私は、足早にその場を離れた。

「ねえ、毛毛。もしかしたら白龍宮には、調査されては困る証拠みたいなものがあるのかもしれない。私、通行許可証をもらって長雲様に話に行ってみる」

「じゃあその間に僕は白龍宮に忍び込んでみるよ」

私は思わず立ち止まる。

「そんなことしたら、危ないよ。見つかったらどんな目に遭うか」

「でも刑部の人たちも来てたし、白龍宮の人たちは証拠になるものを別の場所に持ってっちゃうかもよ？　そうなる前に、僕なら忍び込めるよ。体ちっちゃいし、猫だし」

「うーん」

　悩む私に毛毛は言った。

「迷ってる場合じゃないよ。そうしている間にも、誰かが無実の罪で酷い目に遭ったり、鈴雨のお友達のお妃《きさき》様だって、殺されちゃうかもよ」

「それは……嫌だ」

「だったら僕に任せて。大丈夫、僕は無理なんかしないから。鈴雨は早くあの幽鬼みてぇなツラをしたクソ野郎のところに行っておいで」

「わかった。絶対に無理はしないでね」

「おうよ」

　そうして毛毛は白龍宮の中へと、私は大龍門へとそれぞれ向かった。


　大龍門の門番は、私の姿を見て驚き、後ずさりした。猫のお面を被《かぶ》った挙動不審の女が走って近づいてきたら、誰だってそうなる。

「お、お前、何者だ！　……呪術師か⁉」

　槍《やり》を構え、声を裏返しながら門番はそう叫ぶ。

「ち、ちが……。あの。あの」

「それ以上近寄るな！　用件を言え！」

「あの、き、宮中少監……の……あの……」

「何をぶつぶつ言っている！」

「あの、か、か、書くもの、書くものを……」

しまった、失敗した。紙と筆を持ってくればよかった。でなければこの私が門番とまともに会話できるわけがないのだから。ああ、出歩くときは常に持ち歩くようにしなくちゃ。

私は身振り手振りで、書くものが欲しいことを伝えるが、門番はわかってくれない。

「なんだその怪しい仕草は。呪いか？　俺を呪い殺すつもりだな!?」

「ち、ちがい……」

「名を名乗れ！」

そう叫ばれて、私は自分の名前も名乗っていなかったことに気づいた。

すぅ、はぁ。

深呼吸して、気持ちを落ち着ける。

「黄《こう》鈴雨、です。き、宮中少監・李《り》長雲様に、ご用事が、あります」

震えながら、一生懸命そう伝えた。小さな声だったし、ゆっくりとした速度でしか話せなかったけれど、私が頑張って何かを説明しようとしていることは、門番にも伝わったようだった。

「ん……？　宮中少監に用事があるのか？」

門番は槍を持つ手を緩め、少しずつ私に近づく。

「通行許可証を、お願い、します」

「ああ……。もしやお前は、噂の人形師か」

「はい」

どうにか、話が通じそうだ。

やがて通行許可証が発行され、私は外城《とじょう》へ出ることができた。

私が許可証を発行してもらうのは初めてのことだったから手続きに時間がかかってしまった。それに外城へは出たものの、一体どこに長雲様がいるのかがわからない。

一応さっきの門番に、大体の場所と建物の名前は聞いたけれど……。

「ひ、人も建物も多すぎる」

こういうことになるなら、前もって練習に来ておくべきだった。

行き交う見慣れない人たちの霊気が重なり、徐々に気分が悪くなっていく。

「なんか、眩暈がする」

外城には宮廷勤めの官吏たちの他、商人や職人たちも行き交っている。静かな後宮とは違って活気があり、まるで別世界へ来たようだ。

「長雲様……長雲様はどこに……」

一体私、どのくらい歩いたんだろう。時間の感覚もよくわからない。

目が回るし視界もぼやけてきた。でも早く長雲様にお会いしなければと、気持ちばかりが焦る。

「長雲様……長雲様……」

すると前方から、見慣れた霊気が近づいてきた。

「鈴雨、なぜここにいるのだ」

目を開いているのに焦点が合わず、その人の顔がぼんやりとしか見えない。

「長雲様、白龍宮は、何かを隠しています。それに麗冰は、違うんです」

とにかくそれだけを伝え、その場にうずくまる。

「おい、大丈夫か？」

するとふいに、私は意識を失った。

急に視界がくっきりとしてくる。

私はいつの間にか冷たい川の中で溺れていた。

……酷く生臭い匂いのする水がばしゃばしゃと顔にかかり、口の中にまで入り込んでくる。うえぇ、吐く。

まともに呼吸もできなくて苦しい。私は何かを口に咥《くわ》えていて、絶対にそれを無くすわけにはいかない。必死に手足をバタつかせながら、太い柱のようなものにしがみつく。どうやら橋の下まで流れ着いたらしい。

「ふぁ、ふぁ」

息を切らしながら顔を上げると欄干が見えた。あれは後宮内を流れる水路の欄干だ。私は水路に落とされたのだ。誰かに背中を押されて。

どうしよう。

ここは水路の真ん中だから、まずは端まで泳ぎ切らなくてはならない。だけど泳ぎは苦手だ。それに泳ぎ切ったとしても、水路は深くてとても這《は》い上《あ》がれそうにない。

誰か、助けてー。

鈴雨、鈴雨……。

——はっ。

そこで目が覚めた。

「い、今のはきっと、毛毛の感覚」

慌てて起き上がり、部屋を見渡す。窓の外は真っ暗だ。いつの間にか、もう夜になってたんだ。

ここはどこだろう。来たことのない場所だ。

部屋の中はかすかに、上品な香りがする。きっと良《い》いお香でも焚《た》いてあるのだろう、心が落ち着くような、重厚感があり優美な香り……。

「もしかして、長雲様のお部屋？」

そういえば意識を失う前に、長雲様に会えたような気がする。きっと倒れた私をここまで運んでくださったのだろう。

でもとにかく今は、毛毛のことが気がかりだ。さっき見た情景からすると、後宮の水路に落ちて困っていることは確かだ。

「早く助けに行かないと！」

あれは一体水路のどの部分だったんだろう？

なにせ栄安城《えいあん》の後宮はとても広い。その城内に町一つがすっぽり収まってしまうくらいの広さはありそうだ。

そして水路は後宮を取り囲むようにぐるりと流れている。水路の端から端まで歩いて探したら、朝までかかってしまうかもしれない。第一、今は夜中であたりも真っ暗で、視界も悪い。

急いで探さないと、毛毛の命が危ない。もしも毛毛がまた水に流されて、どこかに体をぶつけたりしたら、割れて死んでしまうかもしれない。

「そんなの絶対に嫌だ」

私は部屋に置かれていた陶製の燭台《しょくだい》を手に持ち、部屋から出ようとした。

すると長雲様がやって来た。

「うわっ……」

思わずびっくりして体がのけぞる。あんまり驚いたので、白目を剝《む》きかけた。

「まるで幽鬼でも見たような顔をするなよ」

気分を害された様子の長雲様に、ぺこぺこ頭を下げる。

「すみません、暗い中で見たせいか、余計に怖くて」

「余計に、怖い？」

「いえ、すみません」

とにかくしきりに頭を下げると、長雲様も許してくださったご様子だった。

「……まあいい。一体どうした」

「毛毛が、何者かに襲われたようなのです」

私は毛毛の体感を共有したことと、見えた情景を説明する。

「橋の支柱か……。後宮内の水路で橋がかかっている場所は三か所だけだ。橋のある場所を見ていけば、きっとそう時間はかからずに見つかるだろう。……体はもう大丈夫なのか？」

「はい」

「それなら、今すぐ行こう」


長雲様は大龍門を抜けて後宮に入ると早足で橋の方へと歩き始め、私は慌てて後をついていく。

私と共に仕事をするよう命じられたお役人様が長雲様で、本当に良かった。

普通なら夜中に猫を探してほしいなんて頼まれて、快く一緒に探してくださったりなどしないだろう。

長雲様と一つ目の橋にたどり着いたが、そこに毛毛の姿はなかった。

「ここにはいなそうですね」

「そうだな、次の場所へ向かおう」

長雲様は急ぎ足で二つ目の橋へと歩き出す。

じんわりと、焦りや不安を示す霊気を発されている。

あんなに毛毛と仲が悪かったのに、こんなに親身になって探してくださるなんて。

だが表情が無なので、もし霊気が見える人でなかったらそんな長雲様のお気持ちを汲《く》み取《と》ることはできないだろう。

ご自分のためにも、もう少し表情で気持ちを表現されたらいいのに。

……なんて、言える立場じゃないか。私なんて、お面で顔を隠している上に言葉もろくに発さないのだから。

「あそこに見えるのが二か所目の橋だ」

長雲様が路地の先を指さす。

と、私は馴《な》染《じ》みのある霊気を感じ取った。

「きっと、あそこに毛毛はいます！」

思わず駆け出した私を、長雲様が追いかける。

橋が近づくにつれ、か細い声が響いてきた。

「ひんうー、ひんうー。ひゃむいよお。くひゃいよお」

私は水路の欄干から身を乗り出し、橋の下を見る。

そこには書簡を口に咥え、橋の支柱に背中を預けてぐったりとしている毛毛の姿があった。

「毛毛！」

どうしよう。すぐに助けなきゃ。

でも、どうやって……。

と考えているうち、長雲様が駆け寄ってきた。

そして毛毛の姿を見つけると、ひょいっと欄干を乗り越えて、迷いなく水路に飛び込んだ。

「長雲様!!」

まさか、真冬の水路に迷いなく飛び込むだなんて！　それもこの水路の水は、少し離れた場所からでも生臭い匂いが漂ってくるほどの汚水だ。誰だってあの水の中に入るのには躊躇《ちゅうちょ》するだろう。水路を囲む石垣の高さは長雲様の背丈以上に高く、その水深も足がつかない程に深い。

きっと育ちの良い長雲様にとっては、相当な抵抗がある行為のはずだ。

それも散々今まで喧嘩《けんか》してきた毛毛を救うために、そうするなんて。

長雲様は無言で毛毛を抱きかかえ、そのまま水路の端まで泳いだ。

「鈴雨、こいつを持ってここから這い上がるのは無理だ。今から投げるから受け止めてもらえるか」

「え、は、はい！」

「ふぇ？」

毛毛は目を丸くしたが、長雲様はポーンと毛毛を私に向かって放り投げた。

「ぎゃぎゃぎゃぎゃ」

かわいそうに、毛毛は恐怖で目を瞑《つぶ》り、身を固くしている。

放物線を描きながらゆっくりと落ちてくる毛毛を、私はなんとか抱き留めた。

「よかった、毛毛」

腕の中でぶるぶる震えている毛毛の体は、水路に浸《つ》かっていたせいで冷え切っている。

「り、鈴雨……。これふぉ」

毛毛が口に咥えていた書簡を、私は手に取る。

「毛毛、これって……」

濡《ぬ》れてふやけてしまっている書簡を、破けないようおそるおそる広げてみる。

汚水にまみれたせいで見えにくくはなっているが、一応書かれている文を読むことができた。

それは金銭のやり取りについて記録された書簡だった。魏徳妃《とくひ》様が孟昭儀様に膨大な金額の請求をし、いつそれを回収したかが書き記されている。孟家と魏家の印とみられるものも押印されている。

水路の壁面の石垣をよじ登ってお戻りになった長雲様に、急いで書簡を見せた。

「長雲様、これをご覧ください」

「ああ……」

長雲様は書簡の文を目で追った。少しも驚かず、死んだ魚のような瞳のままだ。水路の水で体が冷えたのか、小刻みに震えていらっしゃる。

「……すぐに、陛下にご報告をしなければ、ならない」

長雲様は歯をカチカチ言わせながら書簡を受け取り、身震いした。

そして激しく咳《せ》き込んだ。

「おえっ……げほげほ……ぐは……」

無理もない。あの汚水の中を泳いだのだから。

「だ、大丈夫ですか？　大丈夫じゃないですよね……」

私はおろおろして、背中でもさすって差し上げようかと考えたが、そんなことをしてもあまり意味がない気もするし、なれなれしい気もする。

「ぐぇ……おぇ……ごほごほ」

長雲様は地べたに這《は》いつくばり、咳き込み続けている。

あ、やっぱり、背中さすったほうがいいか……!?

そっと長雲様の背中に手を触れ、あやっぱりやめとこ、と思って手を放したり、また触れたりを繰り返す。

「おばえば、さっぎがら、なにをじでいる」

「すみません」

「ぜながをざずれよ!」

「そ、そうします」

私はむせ続ける長雲様の背中を、おそるおそるさすった。

「けほけほ……がほっ……ぐぇっ」

「その……なんか、悪いな。ありがとなー」

気まずそうに苦笑いしながら、毛毛は長雲様にお礼を言った。

長雲様が毛毛を助けてくださった日から、今日で五日になる。

毛毛が見つけた書簡がきっかけで、後宮内で起きた事件は急展開を迎えている。刑部《けいぶ》は白龍宮の倉へ調査に入り、取り調べを拒否した魏徳妃様は捕らえられ、牢《ろう》に入れられた。

麗冰は既に解放されている。虎州が送り込んだ呪術遣いだとの噂《うわさ》について取り調べを受けたようだが、無実であると判断され、鞭《むち》で打たれたりもせずに済んだそうだ。

私はあの日から毎日、大龍門で通行許可証を発行してもらい、長雲様の元を訪れている。一日目には証拠となる書簡について刑部に証言する必要があったために来た。だがその日以降は、長雲様に連天村の薬草を煎じた湯を飲んでいただくためだけに来ている。

最初に薬草を煎じてお出ししたいと申し出た時、長雲様はあからさまに嫌がっていた。

連天村で「崖生草《がけはえぐさ》」と呼ばれるその草は、文字通り崖に生えている薬草だ。連天では「崖生草さえあれば何でも治る」と言われており、医者にかかれない貧しい村人たちは崖生草を煎じた湯を飲むことで全ての不調をごまかしている。

もちろん私は全ての病に崖生草が効くと信じているわけではないし、李家はお金持ちなのだから宮中の医局で良《い》い薬をいくらでも買えるとわかっている。

だが私はこの崖生草が、特に不潔な水を口にしてしまった時の腹下しに対しては素晴らしい効果を発揮することを、身をもって知っているのだ。なにせ生まれてこのかた、何かしら不調があればこの崖生草に頼ってきたのだから。

「どうか私を信じて、お飲みになってみてください。医局から出た薬があまり効いていないご様子ではないですか」

「まあ、確かにそれはそうなのだが」

うっ、と顔をしかめ、長雲様はお腹《なか》のあたりを押さえた。あまり食欲もないらしく、薄い粥《かゆ》を少しずつお食べになっているそうだが、目に見えてやつれてしまっている。

「こういう時に、本当に効くんですよ！」

思わず前のめりになり、言葉にも力がこもってしまった。そんな私を見て、長雲様は暗い顔のまま言った。

「腹の調子が悪いときに、よくわからない草を煎じたものは飲みたくないんだ」

「よくわからない草じゃないです。崖生草ですよ！」

「そんなものはない。俺は幼い頃から宮中の医局で様々な薬草を出してもらっているが、崖生草なんて聞いたことがない」

「私は幼い頃からこればかり飲んできたんです。それでもこうして生きているんだから、大丈夫ですよ」

「なんでそんなに強気に勧めてくるんだ。薬に詳しいわけでもないのに」

まるで理解できない、という様子で頭に手をやる長雲様に、私は言った。

「ぜ、絶対に、治ってほしいので！」

「…………そうか」

長雲様はあきらめたように、うなずいた。

「わかった。それを煎じたものを飲ませてみてくれ」

「はい！」

私は思わず声を弾ませて返事をし、すぐに崖生草を煎じた。


あの日から、長雲様はみるみるお元気になられた。

「逆に怖いくらいだ。すごく効いた」

普段あまり感情をお出しにならない長雲様が、ククク、と堪えきれなくなった様子で笑い出した。

長雲様の表情が自然に変化することなんて、なかなかない。それもこんなに柔らかい表情をされるなんて。もしかすると、初めて長雲様の本当の笑顔を目にしたのかもしれない。

思わず私も嬉《うれ》しくなる。

「そうでしょう!?　こういう時には効くと思ったんですよ」

喜びすぎて、声がうわずった。

「ああ、お前の勢いに押されて飲んでみて良かったよ」

「今日も煎《い》れさせていただきますね。調子が良くなってきてからも、数日は飲み続けたほうがいいんです。過去の経験からして」

「そうか。ではそうするよ」

もうすっかり私に任せるおつもりになったようで、長雲様は「はーあ」と息を吐きながら、だらりと椅子にもたれかかった。


その後、長雲様の体調はすっかり元通りになった。

あのやろーの調子はどうなん？　と毎日不安げにたずねていた毛毛も、長雲様が治ったと聞いてほっとした様子だ。

「まあ、あいつはそう簡単に死なないと思ってたよ」

「そんな言い方しないの。毛毛を助けてくれた命の恩人なんだから」

「でも宙に放り投げられた時には、もう死ぬのかと思ったけどね。一応僕は割れ物なんだから、もっと丁重に扱ってもらわないとさあ」

「だけど、そうならないようにうまく投げてくださったんだよ。きっと」

「まあ、感謝はしてるけど」

そんな冗談を言い合っていたら、工房の戸を叩《たた》く音がした。

「鈴雨、いるか？」

長雲様の声だ。

「はい、どうぞ……」

そう答えると、長雲様が戸を開き、工房の中に入ってきた。

その表情は心なしか硬い。

「あの……どうかされました？」

「ああ……」

長雲様からふわりと、不安を示す霊気が湧き出した。

「鈴雨、陛下からお呼びがかかった。なにかご依頼がおありらしい」

「そうですか。また人形作りでしょうか？」

「どうも、それだけではないようなのだ」

思わず毛毛と顔を見合わせる。毛毛は心配そうに私を見上げている。

「……悪いが、今すぐ陛下の元へ向かわねばならない」

「わかりました」

私はすぐに身支度をはじめた。

# 第八章　満月の夜

皇宮の広間で、私は陛下に謁見している。

「黄鈴雨《こうりんう》、よくぞあの書簡を探し出したな。褒めて遣わす」

「い、いいえ、私は何も。見つけたのは、毛毛《マオマオ》なので……」

「その毛毛を作ったのはおぬしではないか。さらに俸禄《ほうろく》を上げねばな。もちろん書簡を見つけ出した毛毛にも、たっぷりと褒美を与えてやるとしよう」

「ありがとう、ございます」

私は深々と頭を下げる。

「毛毛がたまたま迷い込んだ白龍宮の倉の中で、書簡を見つけ出したのだったな。その後刑部の物が調べを進めたところ、孟昭儀《もうしょうぎ》との呪術の売買を記録した書簡がいくつも見つかった。孟昭儀は呪いを買うために、魏徳妃《ぎとくひ》に多額の金を払っていた」

「はい」

「孟昭儀には孟家から、宝玉や装飾品がたくさん送られていた。孟昭儀はそれらを売り払って金をつくっては魏徳妃に呪術の依頼をしていたようだ」

「そう、だったのですね……」

　前に孟昭儀が装飾品を売っているという話を、食堂で耳にしたことがあった。商家の妃《きさき》だから商魂たくましいのだ、なんて言われていたが、実際は自分が皇后になるために、必死で呪術にすがっていたわけだ。

「そして白龍宮の倉からは、他にもたくさんの書簡が見つかった。それらは魏徳妃の父から魏徳妃にあてた書簡だった。呪術を使って妃たちを排除し、必ず皇后になるようにとの脅し文句が書かれていた」

「お、脅し、ですか？」

「ああ。子を孕《はら》んだ妃を始末しないなら、白翼茸《ハクヨクタケ》を送るのをやめると書かれていた」

「白翼茸って、いうのは……？」

たずねると、隣に立つ長雲《ちょううん》様が説明してくださった。

「白翼茸は北方の高山の一部にのみ生育する、まるで翼のような形状をした白い茸《きのこ》のことだ。精神の鎮静効果があるとされ、乾燥させて粉にしたものが薬として利用されている。だがとても希少なものなので、ツテがなければ入手困難な上、かなりの高額で取引される」

「せ、精神に、効果が」

そういえば魏徳妃様と初めて出会ったとき、とても穏やかな霊気だったので思わずボーッと見入ってしまったっけ。白翼茸の効果であのような霊気になっていたのだろう。

陛下はうなずき、話をつづけた。

「他の妃が妊娠したから、罰としてしばらく白翼茸を送るのをやめると記された書簡もあった。魏徳妃は時々宮中の行事に病で欠席することがあったが、白翼茸の効き目が切れると人前に出られない状態になるからだったのだろう。思い返してみれば、人が変わったようになる魏徳妃を目にしたことがある」

「わ、私も、ございます……」

通りで偶然見かけた魏徳妃様が、女官たちを怒鳴り散らし、何かを口に含ませられているのを見かけた。あれはきっと白翼茸を飲まされていたのだ。

「つまり一連の事件は、魏家が魏徳妃を皇后にして権力を握るために起こしていたということがわかった。そのような者たちを放っておけば、いずれは余をも呪術で呪い殺し、龍星国《りゅうせいこく》を私利私欲のために我が物にしようとするであろう」

力を込めてそう話す陛下を、長雲様が暗い顔で見つめている。

いつも温かい陽の霊気を放つ陛下の霊気が急速に怒りを帯び、燃え盛る炎のように輝き始めた。

その様子に思わず目を奪われる。

「余は魏家のものを一人残らず、宮廷から追放するつもりだ。鈴雨、そのために力を貸してくれるな」

「………わ、私が、どのようなことを」

「魏家のものを武力で捕らえようとすれば、必ずあちらは呪術を用いてくるだろう。龍星国には魏家に匹敵するようなそうした力の持ち主は、黄鈴雨、お前を置いて他にはいない」

「いえ、私はそんな」

「謙遜している場合ではないのだ、鈴雨」

陛下の瞳が、きらりと光った。

「次の満月の夜、一斉に魏家の者たちを捕らえるつもりだ。その時までに、魏家の呪術による攻撃に対抗できるような魂人形《たまにんぎょう》を、用意してもらいたい」

「満月の、夜まで、に」

「ああ。魏家の者たちを全員確実に捕らえるため、誰も出歩かぬ夜の時間帯を狙いたいのだ。満月の夜なら視界も良《い》いであろう」

「なる、ほど」

「どうだ、できそうか？」

「ええ…………と」

皇宮の窓に目をやると、青空に白い下弦の月がぽっかりと浮かんでいるのが見えた。次の満月の日まで、あと二十日程。人形を完成させるのにはギリギリの日程だ。

魏家は龍星国に代々伝わる巫術師の血筋だと聞いた。魏徳妃様は浄眼を持っていたし、きっと強力な巫力を持っているのだろう。

それを止めることが、私にできるだろうか。

でも、やってみるしかない。

蘭淑妃《らんしゅくひ》様が大きくなったお腹《なか》をなでながら微笑《ほほえ》んでいたのを思い出す。

私の力で、淑妃様や他のお妃様たちを、救うことができるのかもしれないのだから。

「やり、ます。私にできる限りのことを、させていただきます」

そう答えると、陛下は優しい霊気に戻りうなずいた。

「よろしく頼む。これはそなたにしかできぬことなのだ」

その後私は工房に戻り、毛毛と相談を始めた。

「過去に魏家が起こした呪術事件を調べた時にわかったんだけど、木偶《もくぐう》を操ることが得意だったみたいなの」

木偶とは、人に似せた木製人形のことである。副葬品として王の墓に供えてあの世へお供させたり、人の魂を乗り移らせるための形代として使われたりもする。

毛毛は忌まわしげに言った。

「僕を水路に落としたのだって、木偶だったんだ。倉で書簡を見つけたらすぐにあいつが出てきて、追いかけ回された。逃げても逃げてもついてきて、大変だったよ」

「動き回る木偶に対抗できる人形……」

天仙娘娘《テンセンニャンニャン》の感覚を共有したときにも、木偶が火を放っていた。あの木偶はとても小さいと感じた。どこから飛び出してくるかもわからないし、どんな大きさかもわからない。それに操れる木偶が一体だけとも限らないだろう。

おそらく今は魏徳妃様が捕らえられているだけの状態なのであちら側に動きはないが、一族追放となれば失うものはなくなり、呪術を用いて陛下や妃たちの暗殺を考えるかもしれない。事前にこうした事態になる可能性を考えて、木偶を大量に用意している可能性が高い。魏徳妃様の体は牢《ろう》の中でも、木偶はどこにでも自由に動ける。

小さくて自在に動き回る大量の木偶を、どうやって見つけ出して始末すればいいのだろう。

すぐにでも魂人形作りを始めたほうがいいのに、何もいい案が思い浮かばない。

とその時、誰かが工房の扉を叩《たた》いた。

「……長雲様かな?」

「さあ?」

毛毛と顔を見合わせる。陛下に魏家追放の手助けをお願いされた途端に来客だなんて、ちょっと不気味だ。

私は猫のお面をかぶり、そーっと扉に近づく。

「あの、どなたです?」

すると扉の向こうから、見知った霊気の存在を感じた。

「あ、もしかして」

ゆっくりと扉を開くと、そこには麗冰《れいひょう》の姿があった。

「悪いわね、急に来て。あんたのおかげで疑いが晴れたっぽいから、お礼を言いたくて」

「いえ、そんな……。あの、中に入って」

「じゃあ、そうさせてもらうわ」

麗冰の姿を見た毛毛は、ガルルルルとひげを逆立てて怒りをあらわにする。

「うわめっちゃ怒ってる……」

麗冰は嫌そうな顔でそれを見つめつつも、毛毛に干し肉を差し出した。

「はいこれ、どうぞ」

「なんの真似《まね》だよ」

不機嫌な声で毛毛がたずねると、麗冰は言った。

「あんたが証拠を見つけたおかげで私の疑いも晴れて、解放されたみたいだったから」

「ふん。毒でも入ってねぇだろうなあ？」

「ないわよ。あんたに毒盛っても私には何の得もないんだから」

毛毛はくんくん、と用心深く匂いを嗅ぎ、ぺろりと舌先で舐《な》めてみてから、干し肉に齧《かぶ》りつき始めた。

そうしている間に、私は奥の部屋の戸棚から黒曜石の腕輪をとってきた。

「あの、これ、やっぱり返す」

そう言って、腕輪を麗冰に手渡す。

「どうして？　売ればそれなりにお金になるわよ」

「代々伝わる、大切なものでしょ？」

この腕輪には確かに貴重な宝玉が使われているが、その宝玉の金銭的な価値以上に、麗氷にとっては意味のあるもののはずだ。

「たった一人で、後宮に来て、これはふるさとの想《おも》いが、詰まったもの」

私がそう言うと「まあ、そう」と麗氷はうつむいた。

それでも受け取ろうとしない麗氷の手に、無理やり腕輪を握らせた。

「わたし、いらない」

「わかったわ」

麗氷はあきらめたようにため息をつくと、腕輪を受け取った。

「私、あんたには悪いこともしたし、その上疑いを晴らして救ってもらったわ。でもお礼に渡せるものが、特にないのよ。装飾品も、舞のために必要な分しか持ってないし」

「なにも、いらない。これから仲良く、すれば、それで」

「……あんた、私と仲良くしたい？」

怪訝《けげん》な顔でそうたずねる麗氷に、私は小さくうなずいた。

「まあ、ほどほどに」

「……微妙な答えね」

麗氷は唇をゆがめた。

長雲様が置きっぱなしにしている餅茶を勝手に崩してお茶を淹《い》れ、それを麗冰と飲むことにした。

「あんたそんな高級な茶葉なんか持ってんの？　まるで貴族じゃない」

「もらいものだから……」

ずず、とお茶を啜《すす》り、なんとなく気になっていたことを聞く。

「あの、飛龍園の金人って、虎州のものなの？」

「ああ、たぶんそうよ。あれに似たようなものが、地元にはいっぱいあるから。あれよりずっと小さいのとか、ぼろいのしかないけどね」

「あれって、何かの神様の像だよね？　なんの神様なの？」

すると麗冰は意外そうな顔をした。

「え、あれがなんなのか、知らないの？　あれは雷神よ」

「雷神？」

私の知っている雷の神様といったら、雷公という顔が人で体が龍の神様だったから、あれが雷の神様だとは思わなかった。飛龍園の金人はなめらかな体つきの神様で、四本もの腕を持っている。

「そう。天界から人間を見ていて、悪いことしてる人がいたら雷を落とすんだよ」

「へえ」

その中の悪い人を戒める、という部分だけが後宮内の噂《うわさ》に残っていたということか。

「なんで手が四本あるんだろう」

「そりゃ、二本より四本のほうが、たくさんの人を救えるからでしょ」

「なるほど」

天から人を見ていて、悪人を戒める。たくさんの人を救えるように、腕が四本生えている。

「……これだ！」

私は立ち上がり、さっそく土の入った甕《かめ》に駆け寄る。

「え、なに、どうしたの」

戸惑う麗冰に、土を取り出しながら私は言った。

「お茶を飲んだら帰って。私、人形を作るから」

「はあ……。一体何なのよ突然……」

麗冰は腑《ふ》に落ちない顔をしながらもすぐにお茶を飲み干し、工房を出ていった。

飛龍園で目にした雷神を思い浮かべながら、土を成型していく。

あの雷神は動けないけれど、後宮をどこか心配そうに見つめているようだった。

私の作る雷神が、龍星国や陛下やお妃《きさき》様たちを、木偶から守ってくれますように。

たくさんの間違いを犯した魏徳妃《とくひ》様が、これ以上の悪事に手を染めずに済みますように。

私の大切な人たちが、みんなこれ以上悲しい思いをせずに済みますように。

願いを込め、土に触れる。光り輝く命の粒たちがつながり、雷神になっていく。


焼成を終え、雷神の彩色をしていると、入り口の戸が開いた。

「夕餉《ゆうげ》を持って来たぞ」

ごちそうを載せた大きなお盆を手にした長雲様が立っている。

その背後に、夜空に浮かぶ月の姿が見えた。結構、まるい。

「ひっ」

私は思わず小さく叫び、月を食い入るように見つめる。まだ、満月じゃ、ないよね。

「安心しろ。満月まで、あと三日ある」

「は、はい」

あと三日。

本当に間に合うだろうか。

夜ごとまんまるに近づいていく月を目にするたび、焦りを覚え、手が震え、血の気が引いていく。

「顔面蒼白《そうはく》じゃないか。大丈夫か？」

「……ええ、まあ。やっぱりどうしても、不安で」

正直にそう答え、肩を落とす。

どんな人形でもかまわないのなら、あと三日あれば彩色を終えることはできる。でも私は魏家の呪術から人々を守ることのできる人形を完成させなければならない。

たくさんの人の命がかかっているのだと思うと、今までに感じたことのないほどの焦りと不安を覚えた。

黙ってうつむいている私に、長雲様は言った。

「できる限りのことをすると、陛下にお伝えしていたな。お前はただ、そうすればいい。それに、そうすることしかできないだろう」

「……はい」

確かに焦って雑な彩色などすれば、魂人形には仕上がらない。私にできることは結局、全力で雷神を作ることだけだ。

「飲まず食わずでは良い《い》仕事もできないだろう。というか、死ぬぞ。食事は摂《と》るといい」

「そうします」

このところ食堂へ行く余裕がないから、時々こうして長雲様が届けてくださる食べ物ぐらいしか口にしていない。

お盆の上のごちそうからいい匂いが漂ってくる。そういえば、すごくお腹《なか》がすいている気がしてきた。

「あ、あの、今日の夕餉はどんなお料理ですか？」

「今日は羊の羹《あつもの》、家鴨《あひる》の炙《あぶ》り焼《や》き、熊の掌《てのひら》の煮物……」

「……尋常ではない豪華さですね」

見ているだけで、よだれが垂れてしまいそうだ。わあ、お腹が鳴っちゃう。

グーッ。

「張《ちょう》貴妃様と蘭淑《しゅくひ》妃様からだ。お前を心配して、あたたかくて栄養のあるものを届けたいとのことだったのだ」

「ありがとうございます。ちょうど作業にきりがついたところなので、今いただきます」

ふぅと息を吐いて、伸びをする。

魂人形を作るのには彩色の一筆一筆にも感覚を研ぎ澄ませる必要があるから神経を使う。

少し休憩してから、また頑張ろう。

「なんだか食べたこともない珍味ばっかりです」

「宮廷の貴族というのは、希少なものばかり食べたがるものなのだ」

「長雲様だって宮廷の貴族じゃないですか」

とりあえず試しに羊の羹を、ふーふーしてからいただいてみた。

「うま」

「これが富の味だ」

そんなことを言いながら、ちゃっかり長雲様も小皿に料理をとりわけ、食べ始めている。

毛毛は私の足元で丸くなって眠っている。以前なら長雲様が来ると嫌そうな顔ですぐに出ていったものだが、最近はすっかりそんなこともなくなった。

「お妃様からの差し入れの珍味を、長雲様のような方といただきながら、お面もせずに普通にお話しししているなんて……。よく考えたら不思議です」

「まあ、時間と共に慣れていくものだろ」

長雲様は特に感慨深いといった様子もなく、熊の掌を食べ始めた。私もあれ、食べなくちゃ駄目だろうか。あまり食べたいと思う見た目をしていない。

そうして食事をしていると、ふと長雲様が言った。

「俺も少しだけ、お前のように生きようと思うんだ」

「……どういう、ことです？　お面でも被《かぶ》ってひきこもるんですか？」

まるで意味がわからず、首をかしげる。

「いや、そうじゃない……。ただ、先に全てをあきらめておくようなことは、しなくてもいいんじゃないかと思ってな」

「はあ」

なぜそう思ったのかはよくわからなかったが、今の長雲様からは以前よりも温かな霊気が感じられる。きっと悪いことではないだろう。

「それでいいと、思いますよ」

そう答えると長雲様は「適当だな」と苦笑した。

いつの間にか目を覚まして膝の上に乗っかっていた毛毛が「ねえ、家鴨食っていい？」と言いながら机の上に並ぶ料理を物色し始めた。


三日後の夕暮れ時、私は雷神に最後の一筆を描き込んだ。

「ふぅ……」

よ、よし。やった。やったぞ。

これで、なんとか……。

「ギリギリ間に合ったようだな、鈴雨」

薄暗い工房の中に、雷神の低い声が響き渡る。ゆらめく燭台《しょくだい》の灯《あか》りに照らされて、たっぷりと施した金彩がきらめいて見えた。雷神は穏やかな顔で私に微笑《ほほえ》み、それから自分の体を確かめるように動かす。

「素晴らしい。私はもう、世を憂いて眺めるだけの存在ではなくなった。この四本の腕で人々を救うことができる」

「よろしく、お願いします」

よかった、なんとか仕上がった。

ほっとした私は工房の椅子に腰かけ、窓の外に目をやった。

日の沈んだ空に、まんまるい満月が顔を出し始めていた。


その夜、魏家の者たちが刑部《けいぶ》によって一斉に捕らえられた。私は長雲様と雷神と共に、皇宮の広間にいる。広間の中央の椅子には陛下がおかけになり、その周りにはいざという時にお守りできるよう、武人が集まっている。

武人たちは皆、初めて目にする魂人形である雷神の姿に驚いていた。

「なんと神々しいお姿なのだろう。男性的でありながらもどこかなまめかしさもあり、人の心を見透かしているようなな瞳をしていらっしゃる。ふんだんに施された金彩も美しい」

「腕が四本あるぞ。異国風の紋様が体に刻まれているし、飛龍園の金人と似ているな」

「てか動いてるぞ……。うわ、今しゃべった！」

皇宮は周囲の建物より高い位置に建っていて、窓からは満月の光に照らし出された栄安《えいあん》城内の様子を一望することができる。私と長雲様は、外の様子を見渡した。

「鈴雨、あそこを見ろ」

長雲様は外城《とじょう》内の広場を指さした。刑部の官吏たちが魏家の人々を拘束し、広場に集めている。

だが集められた魏家の人々は、次々に意識を失い、バタバタと倒れていった。

「あれは、何が起きているのだ……？」

いぶかしげに見つめる長雲様に言った。

「あの者たちの魂の霊気が、倒れるのと同時に消えました。きっと宮廷内のどこかに潜ませてある木偶の中に、それぞれの魂を飛ばしたんだと思います」

すると隣に立っていた雷神が、ふわりと浮き上がった。

「複数の木偶が動き始めたようだ。後宮に数体いるのが見える。鈴雨、私は空から見張って、人に危害を加えるような動きがあれば木偶に雷を落とす」

「お願いします」

雷神はすっと窓から飛び立っていった。

「魏家の者たちが複数の木偶を動かし始めたようだ！　注意せよ！」

長雲様は広間の中の武人たちにそう呼びかける。

私は再び窓の外を見る。すると短剣を手にしたたくさんの木偶が、皇宮の入り口に押し寄せているのが目に入った。木偶たちはまるであやつり人形のような見た目をしている。簡素な作りではあるが、関節を自由自在に動かし、剣を振り回している。

「長雲様！　木偶が下まで来ています！」

皇宮の前にも槍《やり》を持った武人たちが配置されているが、小回りの利く小さな体で俊敏に動き、攻撃してくる木偶に、かなり手を焼いているようだ。

「コロス、コロシテヤル」

「ノタレジンダ、カゾクノウラミ」

「アノトキノクルシミ、ケシテワスレヌ」

口々に木偶たちは叫びながら、武人たちに斬りかかっていく。

木偶の集団は、殺意や深い恨みを表す暗い霊気を纏《まと》っている。その霊気は強烈で、こうして離れた窓辺からそれを感じ取るだけでも、気分が悪くなってくるほどだった。

霊気は私のような浄眼を持つ人間に強い影響を与えるばかりでなく、霊気の見えない人々にも、もちろん影響を及ぼしている。陽の気は周囲の人をも明るい気持ちにさせるが、逆に陰の気は人を心の闇の中に引きずり込む力を持っている。木偶と戦う武人たちは強力な陰の霊気を浴びて、動きも鈍くなっていく。

そしてついに、木偶たちの一部が皇宮の入り口を突破して内部に侵入してきた。

「木偶が皇宮内に入ったぞ」

長雲様がそう告げると、武人たちはそれぞれの武器を構え、一層警戒を強める。

窓の外からは、雷の落ちる音がけたたましく鳴り響き始める。夜空を見上げると、雷神が四本の腕を駆使して地上に雷を落とすのが見えた。稲妻が走り、皇宮の前にいる木偶にも雷が落ちる。木偶は焼け焦げるとすぐにくたりと地面に落ち、動かなくなった。それと同時に、広場でぬけがらのようになって倒れている魏家の人々に、ぽつりぽつりと魂の霊気が生じる。

おそらくそれぞれの木偶には、魏家の人、一人一人の魂が乗っている。雷が落ちて木偶の体が使えなくなると、魂の行き場がなくなってしまうため、すぐに自分の体に魂を戻しているのだ。

魂が体に戻っても、木偶の負った怪我《けが》や巫術《ふじゅつ》使用の負担により、魏家の者たちはみな地面に這《は》いつくばったまま、動けずにいる。

「くそっ……！」

悔しげに涙を流しながら、魏家の男性が握りしめた拳を地面に叩《たた》きつける。

「このまま魏家の恨みを晴らさずに終われるものか！　僻地《へきち》で我々が、どれだけ屈辱的な生活を送ったことか！」

「飢えに苦しんだ日々、決して忘れぬぞ……」

「魏徳妃《とくひ》様は女神様の生まれ変わりだ！　必ずや世直しをしてくださる！　魏家が新たな国家を築くのだ！」

「魏徳妃様あ！　魏徳妃様あああ！　どうかお救いくださいませえええええ！」

倒れたまま、魏家の女官が両手を握り、必死に叫び声をあげている。

魏家の人々から発せられる陰の霊気はすさまじく、思わず飲み込まれてしまいそうになる。きっと彼らは過去に宮廷から追放された後、壮絶な生活を強いられたのだ。僻地への流刑は食料も少なく過酷で、伝染病により命を落とすものも多いのだと、昔書物で読んだことがある。

彼らは再び宮廷に戻されることでは、決して満足していなかった。それだけでは安心できなかったのだ。自分たちの平和な暮らしを、もっと確固たるものにするため、この国を支配しなければならないと考えていたのだろう。

雷は青龍宮の近くにも落ちた。魏家は陛下の子孫まで根絶やしにするために、蘭淑妃《しゅくひ》様のお腹《なか》にいる赤子の命も当然狙っているはずだ。蘭淑妃様がまた狙われることを想定し、陛下のご命令で、たくさんの武人が青龍宮の前に配置されている。武人たちは刀を振るい、木偶に応戦していた。雷神の落とす雷で木偶が焼けて、青龍宮の庭から煙が上がる。私はその様子を見つめながら無事を祈った。兎児爺《トゥルイエ》がきっと、蘭淑妃様を守ってくれているだろう。

「鈴雨、もうじき木偶が上がってくる。決して俺から離れるな」

長雲様はそう言って、私に体を近づけた。彼がどれくらい武術に長《た》けているのか、私は知らない。だがとにかく彼は私を守ってくださるおつもりのようであり、私はそのことにどこか安堵《あんど》していた。

誰かといると、ホッとする、か。

いつの間に長雲様は、こんなにも私にとって近い存在になっていたのだろう。

思い起こせば私は生まれ育った村でもろくに友達などできず、そのままいけば村の中でも孤立を深め、心を閉ざして生きていくより他ないような状況だった。

浄眼を持ち、命を持つ人形を作る異質な人間。

誰よりも私自身が、私のことをそう思い込んでいたのだ。

もしかしたら村人たちは、そこまで私のことを特殊になんか思っていなかったんじゃないかと、今なら思える。そういえば、私に声をかけてくれる村人は多かった。

ただ私が、人を遠ざけていた。

自分の心を守るために。自分が傷つかないで済むように、人との関わりを避けていた。

私が私自身を、より孤独にしていった。そして人と関わる時間が減るにつれ、より他人のことが怖くなった。一つ一つの言葉や霊気に敏感になり、自分の霊気が乱されるようで嫌だった。

長雲様は宮廷の人々から「李《り》家の若仙人」と呼ばれているようだ。

宮廷にいながらにして、長雲様もひきこもりだったということだろう。

心を誰にも触れさせないため、誰にも心を乱されないため、長雲様は感情を殺し、若仙人になった。そのために、驚くほどに彼の霊気は薄い。

だが長雲様はいつも私を助けてくださる。

この世のことを、あきらめているはずなのに。

私を見守るために、面倒な通行許可証を何度も発行して、頻繁に後宮の工房を訪れてくださった。私を嫌がらせから守れなかったことを、悔やんでおられた。私のためにおいしい食事をわざわざ運んで来てくださったりもした。

それは私を危険な後宮へ招き入れたから「責任をとりたい」ということであるらしい。

それが俺の仕事だから、ということらしい。

だが本当に心ない人なら、私が後宮でどんな目に遭おうが殺されようが、どうでもいいと考えるはずだ。

長雲様の心はまだ、死にきっていない。

本当に心が死んでいるなら、陛下のことも毛毛のことも私のことも、どうだっていいだろう。

でも長雲様は助けたいのだ。

助けたくて連天村《れんてん》まで足を運び、助けたくて汚水の流れる水路に飛び込み、助けたくて、今私の隣に立っている。

「長雲様は、お優しいのですね」

私がそう言うと、長雲様は驚いたようにこちらを見た。

「おい、木偶が来たぞ！」

そんな怒声が聞こえたかと思うと、カタカタと音を鳴らしながら木偶たちが広間の中へ飛び込んできた。

武人たちは木偶を斬ろうと剣を振り回すが、なかなかすばしっこい木偶に当てることができない。やがて一体の木偶が陛下に近づいた時、陛下の懐から阿福《アーフー》が飛び出した。

「ワタクシのご主人様に手を出すなァ！」

小さくて丸っこい阿福が木偶に体当たりし、素手で摑《つか》んで壁に投げつけた。強い衝撃で木偶はバラバラになり、そのまま床に落ちて動かなくなる。

「阿福、見事だ！」

陛下はこんな時でも強い陽の気を発し、阿福の活躍を喜んでいる。

「こんな即席の木偶に、ワタクシが負けるわけがないのです！」

阿福はもう一体の木偶に突進し、また怪力で投げ飛ばす。だが阿福だけではキリがないくらいに、木偶が次々に広間へと侵入してくる。

すると窓の外から雷神がやって来た。そして四つの手から稲妻を放つ。けたたましい雷鳴と共に閃光《せんこう》が走り、次々に木偶が焦げて床に倒れていく。

そしてついに、全ての木偶が動かなくなった。

「やったぞ」

「陛下、無事ですか!?」

武人たちは安堵の表情を浮かべる。

だが焼け焦げて床に転がっている木偶のうちの一体が、よろよろと起き上がった。

その木偶は、ものすごい怨念の霊気を放っている。

「みなさん、危ないです！」

思わず私はそう叫ぶ。怨念に包まれた木偶はちらりと陛下のほうを見る。しかしその傍《そば》に阿福がいるのを見ると、どうにもならないと思ったのか悲嘆の霊気を浮かべ、それからゆっくりとこちらに振り返り、私を凝視した。

「え……」

木偶はあきらかに、標的を私に変えたようだった。

激しい恨みと怒りの霊気が木偶から広がり、私は恐怖で動けなくなる。

「うあぁあぁあ、うらぁあぁあぁぁ」

唸《うな》り声をあげながら、木偶がこちらに飛びかかって来る。

その霊気を肌で感じて、私にはそれが魏徳妃様なのだとわかった。錯乱して、意識の調整が利かなくなっているようだ。

あの強力な霊気に包まれたら、きっと私は正気ではいられない。

ここで死ぬのか。もしくは精神に異常をきたして、もう元には戻れなくなるのか。そのどちらかだ。

「長雲様！　逃げて！」

私の傍にいれば、長雲様も危ない。そう思って長雲様をどうにか手で押しのけようとしたが、私の細腕では長雲様の体はびくともしない。

「長雲様！」

どうして動いてくれないのか、と怒りさえ覚えながら長雲様の顔を見上げる。

長雲様はまっすぐに木偶を見つめ、剣を構えている。

無理なんですよ、長雲様。たとえその木偶を斬ることができたとしても、あの強力な陰の霊気に体が包まれてしまえば、それだけでもう正気には戻れなくなるんですよ。

でも次の瞬間、私は思わず目を見開いた。

長雲様の霊気がまばゆい光を放った。何かを信じているみたいな、希望に満ちた瞳で長雲様は木偶を見つめ、剣をふるう。口元はかすかに微笑《ほほえ》んでいて、なぜか幸福を示す霊気が広がっている。

剣は魏徳妃様の木偶に当たり、その体を真っ二つに割った。

「あぁぁあぁぁ……」

木偶は呻《うめ》き声をあげながら床に落ち、それ以上は動かなくなった。

「鈴雨、怪我はないか」

長雲様が、こちらに振り向く。

あまりのことに驚いてしまったせいか、長雲様の顔を見ていると軽い動悸《どうき》と眩暈がする。

自分のことより、長雲様がご無事でよかった。

「け、怪我《けが》は、ないです」

やっとのことでそう答えると、「そうか」と言って長雲様はほっとしたように息を吐いた。

# 第九章　あなたのための人形

人形作りに大切なのは、人を想《おも》う気持ちだ。この人形を手にした人が、笑顔になれますように。その人のつらい気持ちに寄り添えますように。私は今日も願いを込めて、土を捏《こ》ねる。

窓の外から、梅の花の香りが漂ってくる。龍星国《りゅうせいこく》の後宮は冬を越え、春を迎えようとしていた。

「鈴雨《りんう》、ようやく事件が解決したばかりだってのに、もう人形を作り始めたの？　誰かからの依頼？」

土を成型する私に毛毛《マオマオ》があきれ顔でたずねる。

「ううん、誰からの依頼でもないよ。私が作りたくて作ってるの」

「へえ。どんな人形を作るの？」

「厄除《やくよ》けの人形」

私が今作っているのはふっくらとした女の子の人形で、大きな桃を抱えて幸せそうに微笑んでいる。これを手にする人の無病息災を願って、作っている。

「それにしても無事で済んで良かったね。あのクソ野郎が鈴雨を救ったってのが癪《しゃく》だけどさあ」

　毛毛は愚痴りながら、くちゃくちゃと干し肉を食べ始めた。陛下に毛毛は最近干し肉が好物のようだと話をしたら、一気に一年分くらい届けてくださったのだ。おかげでしばらく毛毛は干し肉食べ放題だ。

「工房も壊されずに済んで良かったよ。毛毛と麗冰《れいひょう》のおかげだね」

「まあね〜」

　毛毛はにんまりと、得意げに笑った。

　あの日、魏《ぎ》家の木偶《もくぐう》のうち一体がこの工房にもやって来たらしい。手にたいまつを持ち、工房に火をつけようとしていたようだ。それを見つけた毛毛が慌てて木偶を押し倒し、心配して様子を見に来ていた麗冰が桶《おけ》で汲《く》んできた水をぶちまけた。そしておろおろする木偶に、舞で鍛えた筋力を活かして猛烈な蹴りをお見舞いしているうちに、木偶は動かなくなったそうだ。

「だけど何人もの妃嬪《ひひん》を殺した上に帝《みかど》の命まで狙っておいて、魏家の誰も死罪にならないってのは意外だねえ」

「魏家は古くからの巫術《ふじゅつ》の血筋だから、宮廷で死刑にすると栄安城《えいあんじょう》に強力な怨念が残って良くないんだって」

現在、捕まった魏家の人々は全員牢《ろう》に入れられ、刑部《けいぶ》の取り調べを受けている。まだ取り調べの途中ではあるが、既に首謀者が魏徳妃《とくひ》様の父親である礼部尚書の魏焰《ギエン》であることも、魏家の全ての人間が事件に加担していたことも確定している。

魏焰はかつて魏家の宮廷追放の原因となった魏修媛《しゅうえん》という妃《きさき》の弟だった。彼は追放後の過酷な暮らしの中で一族の者たちが飢えや病に苦しみ、時には命を落としていくのを見て育った。次第に彼はもうこんな暮らしを二度とせずに済むようにするためには、魏家がこの国を支配すればいいのだと考えるようになった。

まずは病弱だった先帝に取り入り、魏家を宮廷に戻させた。そして後宮に魏家の妃として強力な巫術師であり、自らの娘でもある魏徳妃様を入れ、必ず皇后になるようにと彼女に命じた。呪術を使えばそれが可能だと考えたのだ。

魏徳妃様は魏家の者たちから崇拝されていた。彼女こそが、彼らに真の安寧をもたらす女神なのだと信じられていたからだ。

それを彼女がどう感じていたのか。それは誰にもわからない。

魏家の刑は確定しているが、正確な記録を後世に残すため、刑部は魏家一人一人から聞き取りを行っている。

　それが終わり次第、魏家は一人残らず宮廷から追放され、南方にある未開拓の島へと流刑になる。

「まあとりあえず、しばらくは暇だね」

　毛毛は日当たりのよい窓辺に移動して丸くなり、昼寝を始めた。


　一人黙々と作業を続けていると、長雲様《ちょううん》がやって来た。

「なんだお前、また人形を作っているのか」

「それしか、やることもないので……。それより、何かありました？」

　たずねると、長雲様はうなずく。

「陛下からお前に、お話があるそうだ」

「お話が……」

　事件の解決に貢献したことについては、既に先日お褒めいただいた。

　魂人形《たまにんぎょう》の依頼でもなく、私にお話だなんて、一体どんなご用事だろう。

「もう問題も解決しましたし、もしかしてそろそろ、お役御免ですかね」

「まあその可能性も、なくはない」

長雲様は手元を見つめ、いつもの無表情のままそう答える。

――あの時の長雲様は、一体なんだったんだ。

今も鮮明に思い浮かべることができる。私を守るために木偶に剣を向けた時に、長雲様が浮かべた希望に満ちた表情と、光り輝く霊気を。

私がここを去ることに、なんの思いもないのだろうか。

「長雲様は、私が連天《れんてん》に帰ったら寂しいですか？」

そうたずねると長雲様は、顔を上げて私を見た。

「寂しいね」

「そ、そぅ……ですか」

意外な答えに、思わず面食らってしまう。

「お前は、ここから去るのが寂しくないの」

「え、あ、え」

どうかな、寂しいのかな。

「なんかよく、わかんないです」

そう答えたら、長雲様はあからさまに呆《あき》れた顔をした。

「自分はなんかよくわかんないのに、俺には寂しさの確認をしたのか」

「いえ、すみません」

確かに考えてみたら図々《ずうずう》しかったかな。

「もしも選べるとしたら、お前はここを去るのか？」

「えっと……」

そんなこと、考えてもみなかった。

当然、昔の私なら、いえもう寂しいとかいう感情全くないんで、連天の家にこもります、さようなら。としか思わなかっただろう。

でもここに来て、色んなことがあった。

辛《つら》いこともあったけど、後宮へ来て良かった。

ここはたくさんの人と出会い、人形師としての成長をもたらしてくれた場所だ。

「私は……」

もっとここにいたいなんて、我ながらおかしいと思う。

でもどう考えても、私はそう思っていた。

「おお、鈴雨よ！　よくぞ来てくれた！」

悩みを解決したせいか、陛下の霊気は以前にも増してギラギラと光り輝いている。

私は強すぎる陽の霊気に耳鳴りを覚えながら、深々と頭を下げる。

「今日はな、そなたに話があって、来てもらったのだ」

「はい……」

急に、不安が押し寄せてくる。

もし、もう私に用はないから後宮から連天に帰れと言われたら、どうしよう。

いや、でも本当はそうすべきだ。宮廷になんかいたら、いつまた物騒な出来事に巻き込まれるか、わかったものではない。

だけどそしたら、みんなともお別れか……。

お別れで、いいではないか。元々こんな華やかな場所、私には合っていなかったのだから。

色んな考えがぐるぐると頭を駆け巡る。

だが陛下は明るい口調で言ったのだった。

「実は外城《とじょう》にそなたの功績をたたえ、人形の展示室を設けたいと考えているのだ。なにせ余がこうして無事でいられるのも、龍星国が安泰でいられるのも、そなたの人形のおかげなのだからな！」

「…………え？」

「それで依頼したいのだが、展示室に置くための人形を作ってはもらえぬか？　それと、国内の人形の歴史について書簡にまとめてほしい。それから古い時代の人形の中から、展示室に並べるものの選定も……」

「やります!!」

私は前のめりにそう叫んだ。


やがて桃の花が咲く頃、ついに魏家の人々が流刑地へ発《た》つ日がやってきた。

魏家の人々は皆、薄汚れた簡素な麻の服を身に着け、両手を縄で結ばれた姿で列になってぞろぞろと歩いている。取り調べに素直に応じなかったためなのか、体に傷を負っている人も多い。人々の霊気は疲労感と絶望に満ちており、もはや抵抗する様子はない。

そんな人々の中に、長い髪を振り乱し、一人ケラケラと笑っている女性がいた。

魏汐羅《せきら》……かつて徳妃だった女性だ。

意味不明な言葉を大声で叫んだり、まるで小さな子供のようにきょろきょろとあたりを見渡しては列から外れたりしてしまっている。

そのたびに監視役の武人から叱責を受け、寄り添う魏家の女性たちに手を引かれ、列に戻って歩き始める。白翼茸《ハクヨクタケ》の効果が切れて様子の変わってしまった汐羅を、魏家の人たちは心配そうに見守っている。

汐羅の言動は確かに、以前のようではなくなってしまった。人徳があり、後宮の妃嬪たちからも信頼の厚かった彼女とは、まるで別人のようにも見える。

でも私には、見えた。汐羅の体の中心からぼんやりと広がる魂の色や匂いは、以前の彼女と変わってはいない。彼女の魂はまだ、確かにそこに存在しているのだ。

私は見張りのものが目を離した隙に、汐羅に近づいた。

「あの……」

声を掛けられ、彼女は私を見る。もう正気ではなくなってしまっているが、少し私の記憶が残っているのか、言葉も発さずに私を見つめ続けている。

私はすっと、小さな人形を差し出した。大きな桃を抱えて幸せそうに笑っている、女の子の泥人形。

「こ、これを、どうぞ」

「桃……不老長寿、邪気払い、桃源郷、西王母《せいおうぼ》……。女神、私は、女神だ……」

彼女はぶつぶつ言いながら受け取った人形を見つめている。

「このお人形はね、び、病気や怪我をしませんようにって、願いを込めて、作ったの」

「病気、怪我……。死ね、死ね、みんな死ね。私は女神だ、全てを、殺す、お前も、私も」

「もう、殺さないで」

「やらないと、死ぬより、酷《ひど》い。私にしか、わからない」

私は震える汐羅の手を握りしめた。

「これからは、桃桃《タオタオ》も一緒だから」

「桃桃？」

汐羅は人形を見つめた。

「なんで、くれるの」

私は汐羅の、まるで満天の星が輝く夜空みたいな瞳を見つめる。

「前に、助けてもらったから」

もしもこの人が誰も殺《あや》めていないうちに出会えていたなら、どんなによかっただろう。

同じ痛みを分け合って、穏やかに暮らしていけた未来もあったのだろうか。

そう思ったら悲しくなってきて、自然と涙が溢れ出した。

すると汐羅の霊気が一瞬だけ、すっと穏やかになった。

優しい声音で、彼女は言った。

「ありがとう」

気持ちが、通じた。

何も返事をできないまま彼女を見つめる。

しかし次の瞬間にはまた、彼女はぶつぶつとつぶやき始めた。

「桃源郷、女神だ。私は、女神。桃は、誰にもやらない、誰にも……」

「おい、どうした！　列の進行を妨げるな！」

背後から近づいてくる武人に注意を受け、私は慌てて汐羅から離れる。

彼女は桃桃を握りしめたまま、ふらふらと歩き始めた。

魏家の行列はゆっくりと進行し、やがてその姿は完全に見えなくなった。


魏家がいなくなり、宮廷内には平和が訪れた。

もう呪い殺されたり犯人だと疑われることもなくなったのだと、後宮内の妃嬪《ひひん》たちは安堵《あんど》し、女官や宮妓《きゅうぎ》たちも以前の通りに食堂や路地で冗談を言い合い、噂話《うわさばなし》に花を咲かせている。

祭祀《さいし》を取り仕切る礼部の人間はほとんどが魏家の者やその関係者だったため、大規模な人員の入れ替えが行われることになった。龍星国各地から巫術《ふじゅつ》の有識者が集められ、新体制で一から各種儀式の取り決めを行うそうである。

それに伴い、かつて定められた縁起物の売買に関する規制法は撤廃されることとなった。規制法は魏家以外の巫術を根絶やしにする目的で制定されたものであることがわかったためだ。今後は伝統文化の継承を促すため、各地方の縁起物の販売を、栄安の外城内でも行うことになった。

蘭淑妃《らんしゅくひ》様は魏家追放の数日後に、公主様を無事ご出産された。今は乳母や女官たちと、慌ただしい日々を送られているようだ。

そして初夏のある日、私は一年ぶりに連天村の長老様の孫、智信《ちしん》と再会した。

「久しぶりだな、鈴雨！」

「智信……。お久しぶり、です」

智信は外城の市場で連天の人形を売るために、栄安へと呼び寄せられた。私の作った人形の活躍により、栄安では「なんかとにかく連天の人形はすごいらしい」と、めちゃくちゃ話題になっているのだ。陛下は多くの人々の要望に応え、市場で連天の人形を売る許可を出してくださった。連天の人形の噂《うわさ》は国内に広がっていて、中にはわざわざ村まで人形を買いに行く者も多いらしく、連天はかつての賑《にぎ》わいを取り戻しつつある。

「外城の人形市、いつもすごい人だかりで大忙しなんだ。連天から人形を運んでも運んでも、すぐに売り切れてしまうんだから。これも鈴雨のおかげだな」

「……いえ。でも、良かったです」

連天村の人形がまた人々から愛されるようになったことが、とても嬉《うれ》しい。これでまた、かつておばあちゃんが生きていた頃のような連天村に戻れるだろう。

「長老様も村の人たちも、喜んでいるよ。これで崖の草を摘まず、人形作りに専念できる。まあ今はあまりにも忙しすぎて、祝いの宴《うたげ》も開いていられないような騒ぎだが」

「そうでしたか。お、お体に、お気をつけて」

照れてうつむきつつも「村の人たちが人形作りに専念できる」と聞いて自然と口元がにやけた。これで今後、連天の泥人形文化はますます発展していくことだろう。そしてその文化は次の世代へとしっかりと受け継がれていくこととなる。ふふふ。ふふふ。良かった。

にやける私を不思議そうな顔で見つめていた智信が、ふと思い出したように言った。

「そういえばなあ鈴雨、お前、親に手紙くらい書いたらどうなんだ」

「え……？」

手紙、か。考えてもみなかったな。

「だいぶ心配してたぞ。お前のこと。宮廷で起きた魏家の謀反の話くらいは、連天にも届いているんだからな」

「そっか」

まあ、そりゃあそうだろう。龍星国を揺るがす大事件だったのだから。

「わかりました、書いてみます」

「書いてみます、じゃない。絶対に書くんだ」

智信は連天にいた頃のように、まるで私の兄かなにかのような顔で偉そうに笑った。相変わらずだなあと思いながらも、なぜかそれが不快ではなかった。

しかし一体、両親への手紙にはなんと書けばいいのだろうか。

頭の中で考えてみる。

【お元気ですか？　こちらは元気でやってます、ご心配なく】

うーん。

これくらいしか、思いつかない。

それでもまあ、連絡を取らないよりはマシだろう。

そうだ、麗冰みたいに仕送りをするのもいいかもしれない。どうせ私にはろくにお金の使い道もないのだし、余らせておいたって仕方がない。

どうすればいいのか、後で長雲様に相談してみよう。

それから夏が終わり、中秋節の日がやって来た。

今日、後宮では久々に、盛大なお祭りが開かれることになっている。

私は新たな人々で構成された礼部の人たちから依頼を受け、後宮内の大通りに人形の屋台を出し、そこで自作の人形を販売することになった。後宮内には私の人形を欲しがっている人たちがたくさんいるらしい。きっと喜んでもらえることだろう。

この日のために、私は兎児爺《トゥルイエ》の他、阿福《アーフー》、蚕猫《さんびょう》、その他にも色んなご利益をもたらす人形をたくさん用意した。大小様々、色とりどりの泥人形たち。それぞれのお顔が通りを歩く人からきちんと見えるように、後宮内の大通り沿いに設置した屋台の上に向きをそろえて並べていく。

私はうまく人と話して人形を売ることなんかできないから、販売は後宮内の祭祀を担当する尚儀局の女官たちにお願いすることになっている。

「ふう、なんとか準備が終わった」

並べた人形を眺めていたら、蘭淑妃様がやって来た。

お付きの女官が押している乳母車には、春に生まれた公主様が乗っている。

「鈴雨、忙しいところごめんなさい。祭りが始まってからでは人が多すぎて見に来られなくなりそうだったから、先に来てしまったんです」

「大丈夫ですよ、ゆっくりご覧になってください」

最近ではすっかり、蘭淑妃様と普通に話せるようになってきた。色とりどりの人形に興味を示した公主様が、摑《つか》み取《と》ろうと手を伸ばす。

赤子の霊気は澄み切っていて、とても美しい。人間のようでありながらも半分人間とは違う、別の神聖な生き物のように感じる。

「こちらが、お気に召しましたか？」

公主様が手を伸ばした先にある人形を取り、近くでお見せする。

「あぃあぃ……」

公主様の柔らかくて小さな手が、人形に触れる。

連天にいた頃、私は赤子や幼児が苦手だった。うまく子供をあやすことなんか、私にはできないから。

でも今は、公主様を心からかわいらしい、愛おしいと思っている。

蘭淑妃様は公主様が生まれるまでに、命を狙われ、体調も崩され、悩み苦しみ、そこから覚悟を決めてご出産された。その様子を私はずっと見てきた。

ここに今、公主様がいるのは当たり前のことではないのだ。

「へへへへ、へへへ」

公主様は人形を見て、笑い出す。

するとそこに、張《ちょう》貴妃様もやって来た。

「なんと、先を越されたか！　わらわが一番目の客になろうと思っておったのに」

「まだ公主様は、ご購入されてませんせん」

そう告げると、張貴妃様は屋台の上に並ぶ人形に目を光らせた。

「鈴雨！　わらわは、あのひときわ大きくて派手な色遣いの阿福を今すぐ買う！」

「特大阿福ですね。ありがとうございます」

張貴妃様は大きな阿福をお付きの女官に抱えさせ、満足そうに笑っている。

「これでわらわが一番目の客だな！　それも一番大きいのを買った！」

まったくもって大人げない。だが今日もお元気そうで、なによりだ。


やがて祭りが始まり、大通りには人が集まってきた。

私は木の陰から、こっそり人形の屋台を見つめる。

屋台の前は、みるみるうちに人でいっぱいになった。

その中には、静華《せいか》さんたちの姿もある。

「これが鈴雨の作った人形か。よくこんなにたくさん作ったもんだね」

「かわいらしい人形だねぇ。それにあんまり高くない。一つ買っていこうかな」

「だけど種類がありすぎて迷っちまうよ」

「私は断然、金運の人形」

「金なんかあったって、どうするんだい。それより病になったら終わりだよ。私は無病息災にしとこうかね」

「あたしは子宝」

「あんたまさか、皇后の座でも狙ってんのかい!?」

げらげらと笑い声が響き、愉快な気持ちを表す霊気が広がる。

人々が楽しそうに人形を選んで買っていくのを見ていると、かつての連大の人形市を思い出して嬉しくなってくる。

「なにをにやけて盗み見しているんだ。まるで不審者だぞ」

そう声を掛けられ、振り向くと長雲様がいた。

「私は昔から、こうしているんです」

「はあ……？」

「これでいいんです。これが私の、人との関わり方ですから」

「まあ、なんとなくわかるような気もするが……」

「あっ。そうだ」

私はふと、思いついて言った。

「長雲様にも、なにか人形を作ってさしあげますよ。やっと仕事も一段落したので」

「俺にわざわざ作ってくれるのか？」

「もちろんです。命の恩人ですし、毛毛のことも助けてもらってますから。長雲様の願いはなんですか？　腕によりをかけて、願いに合う人形をお作りしますよ」

「俺の願いは……」

長雲様は、しばらく考えてから言った。

「心願成就だ」

「心願成就……？　なにか心に秘めた願いがおありで？」

「まあな」

長雲様は気まずそうにしながら、歩き始めた。

「あ、どこに行くんですか？」

「どこに行くかは決めていない」

「なんですかそれは」

「一緒に歩かないか」

こちらに振り向いた長雲様から、めずらしく楽しげな霊気が漂っている。

「じゃあまあ、そうします」

「今日はせっかくの祭りだ。屋台でも見て回ろう」

「……いいですね」

私一人では祭りの人混みの中を歩くことなど、とてもできない。でも長雲様となら、きっと大丈夫だ。

「ほら」

はぐれないようにということなのか、彼が私に手を差し出す。

「ど、どうも」

その手を握り、木陰から大通りへと一歩踏み出した。日差しが眩《まぶ》しい。

――ふと、おばあちゃんの言葉が頭をよぎる。

私は誰にも聞こえないくらい小さな声で、つぶやいた。

「必ず、光が、見えて、くる」

# あとがき

こんにちは、猫田《ねこた》パナです。

このたびは「後宮の人形師」をお手にとっていただき、ありがとうございます！

こうして人生で三冊目の本を出版できることとなり、とっても嬉《うれ》しく思っています。


本作の主人公、鈴雨《りんう》は人と関わるのが苦手なひきこもりです。お面を被《かぶ》っていないと人と会うことも難しく、慣れていない人とはほとんど会話もできません。

作者の私自身も人見知りだったりコミュニケーションが不器用な部分がないわけでもないのですが、鈴雨ほどではありません。でも村の工房にこもって暮らしたいと考える鈴雨と、同じ気持ちになることはあります。

少し前に、疫病騒ぎが発生しましたね。その頃、人と関わらない生活がしばらく続きました。最初はそれが「つまんないな」と思っていたのに、次第に人と関わらない生活に慣れていき、心地よくも感じるようになりました。人と関わらなければ楽しみも少なく退屈だけれど、閉じた暮らしというのは穏やかで静かでいいなあとも思いました。

でもひきこもり生活に慣れてしまうと、元の生活に戻ったときが大変ですね。ようやく人と会える世の中になった！　と思って、それを楽しみにもしていましたし、行きたいところもたくさんあったんです。でもいざ出かけてみると、ちょっと外出しただけでも気疲れしてしまい、家に帰るとグッタリ、という状態に……。ただ単に筋力が落ちて体力の面で疲れやすくなったばかりでなく、心の筋力まで落ちたような気がしました。

「結局家でいつも通りに過ごしている時間が一番落ち着くなあ」

そんな私の中のひきこもり成分を色濃く反映されてしまった不憫《ふびん》な鈴雨ですが、本作の中で様々な個性的な人々に出会いながら、ひきこもりなりに奮闘していきます。そのあたりをお楽しみいただけたら幸いです。

また、今回は人形をテーマに書かせていただきました。なぜかというと、私は昔、ドールオタクだったからです。二十代の頃はお人形に一番お金を使いました。

ドールオタクになった最初のきっかけは、ブライスという人形でした。ブライスは元々、一九七二年に一年間だけアメリカで発売されていた人形で、後頭部から出ている紐《ひも》をひっぱると、眼球が回転し、瞳の色が四色に変化します。この人形が二〇〇〇年頃、パルコのCMに起用され、それを見た私は衝撃を受けました。

「奇跡のようなかわいさ！」

その後ブライス人形は大人気となり、復刻版のネオブライスがタカラから発売されました。ですが当時はまだ学生だった私にとってネオブライスは高額だったので、なかなか手を出すことができませんでした。

数年が経《た》ち、アルバイトをしたり社会人になったりしてお金を得ると、私はついにブライスに手を出し始めました。そしてブライス関連のものを手に入れるために様々なお店やイベントへ足を運ぶ中で、自然と他の人形にも魅力を感じるようになり、ビンテージの人形や球体関節人形など、幅広い人形に惹《ひ》かれるようになっていきました。

本作で人形が活躍するお話を書くことができて、とても嬉しいです。生き物ではないのに、なんだか心を持っているように思えてついつい惹かれてしまう。それでいて生き物ほど生々しくはなくて、人間のように複雑でもない、純粋で程よい存在感。それが私にとっての人形の魅力かなと思います。

とか言いましたが、実際に人形を買う時には「はあぁぁ？　なんこれかわいすぎかよ欲しいに決まってんだろがあぁ！」と心の中で叫びながら買っている気がしてきました。

また本作は書籍化前に、カクヨムネクストというサービスでウェブ連載をさせていただきました。日々小説が更新されるたびにフォローしてくださる方が増えたり星やハートが増えていき、そのたび「うおぉおぉぉ……」と感動しておりました。連載期間が夏だったので、私のアイフォーン（購入して四年以上経過した老体）が発熱し、アイフォーンを保冷剤で冷やしながらもカクヨムのページを開き、通知のベルの赤丸に胸を躍らせ、無意味なほどチェックしてました。連載中に応援してくださった皆様、本当にありがとうございます！　あと私は入間人間《いるまひとま》先生の百合《ゆり》小説が大好物でして、カクヨムネクストで入間先生が連載をされている中、私も連載している……！　ということに喜びを感じておりました。

さて、今回も長々とあとがきを書かせていただいてますが、そろそろ本作に関わってくださった方へのお礼を申し上げたいと思います。

表紙イラストを描いてくださった薔薇缶《ばらかん》様。素敵なイラストで本作の世界観を深く、そして色鮮やかに表現していただき、本当にありがとうございます。鈴雨が色とりどりの花を大事に抱える姿が、ひきこもりでありながらも胸の内では人を想《おも》っている作中の鈴雨と見事に重なり、感動しました。実はこちらのイラストを見て何度も泣きました（病的）。それに鈴雨も毛毛《マオマオ》も人形も全てがとても良くて可愛《かわい》くて嬉しすぎて、見るたび幸せになっております。心より感謝申し上げます。

そしてデビュー作からお世話になっている担当編集様。私はデビューするまでにも、小説家になりたいとの思いで小説を書いては様々な賞に何年も応募し続けておりましたが、富士見《ふじみ》L文庫様でデビューが決まってからこれまでの約三年間が、人生で最も小説を書くことと真剣に向き合った濃密な期間でした。その濃密な期間の中で、私は自分の個性について、そしてそれを小説として表現することについて、たくさん考え、知ることができました。自分の人生の中で、創作に対してこんなにも真剣になれる時間が持てていることも、そんな自分に向き合ってくださる方がいることも、とても幸運なことだなあと思っています。担当編集様のおかげで、自分だけではたどり着くことのできなかった小説を書くことができました。心より感謝申し上げますし、これからもその貴重な経験を無駄にしないよう、なんか私にできる面白いこと、やってやんよ！　という意気込みでおりますという、謎の報告です。

それから、本作の出版に関わってくださった全ての方にお礼申し上げます。ありがとうございます。

そして最後に、本作にお付き合いくださったあなた様に、心より感謝申し上げます！
お楽しみいただけるものになっていたなら、幸いです。

ではでは。
またお会いできるかな？
じゃん・けん・ぽん！
うふふふふふ。

令和六年のある夏の夜に

猫田パナ

お便りはこちらまで

〒一〇二―八一七七
富士見L文庫編集部　気付
猫田パナ（様）宛
薔薇缶（様）宛

本書は、カクヨムネクストに連載された「後宮の人形師　～ひきこもりの少女、呪術から国を救う。～」を加筆修正したものです。

富士見L文庫

# 後宮《こうきゅう》の人形師《にんぎょうし》
## ひきこもりの少女《しょうじょ》、呪術《じゅじゅつ》から国《くに》を救《すく》う。

猫田《ねこた》パナ

2024年10月15日　初版発行

発行者　山下直久
発　行　株式会社 KADOKAWA
〒102-8177　東京都千代田区富士見2-13-3
電話　0570-002-301（ナビダイヤル）

印刷所　株式会社暁印刷
製本所　本間製本株式会社
装丁者　西村弘美

定価はカバーに表示してあります。　◇◇◇



●お問い合わせ
https://www.kadokawa.co.jp/（「お問い合わせ」へお進みください）
※内容によっては、お答えできない場合があります。
※サポートは日本国内のみとさせていただきます。
※Japanese text only

ISBN 978-4-04-075604-2 C0193